書下ろし

約束の月（下）

風烈廻り与力・青柳剣一郎㊾

小杉健治

JN100290

祥伝社文庫

目次

「約束の月」の舞台
橋場
願山寺
待乳山聖天
浅草阿部川町
小間物屋『香木堂』
根岸
不忍池
池之端仲町
本町三丁目
鼻緒問屋『越後屋』
駒形町
吾妻橋
新堀川
大川
押上村
筋違橋
新シ橋
両国橋
浅草御門
大伝馬町
北町奉行所
浜町堀
新大橋
二丁目
小舟町
南町奉行所
数寄屋橋
楓川
八丁堀
霊岸島
永代橋
深川
三十間堀
鉄砲洲
白根藩水沼家
上屋敷

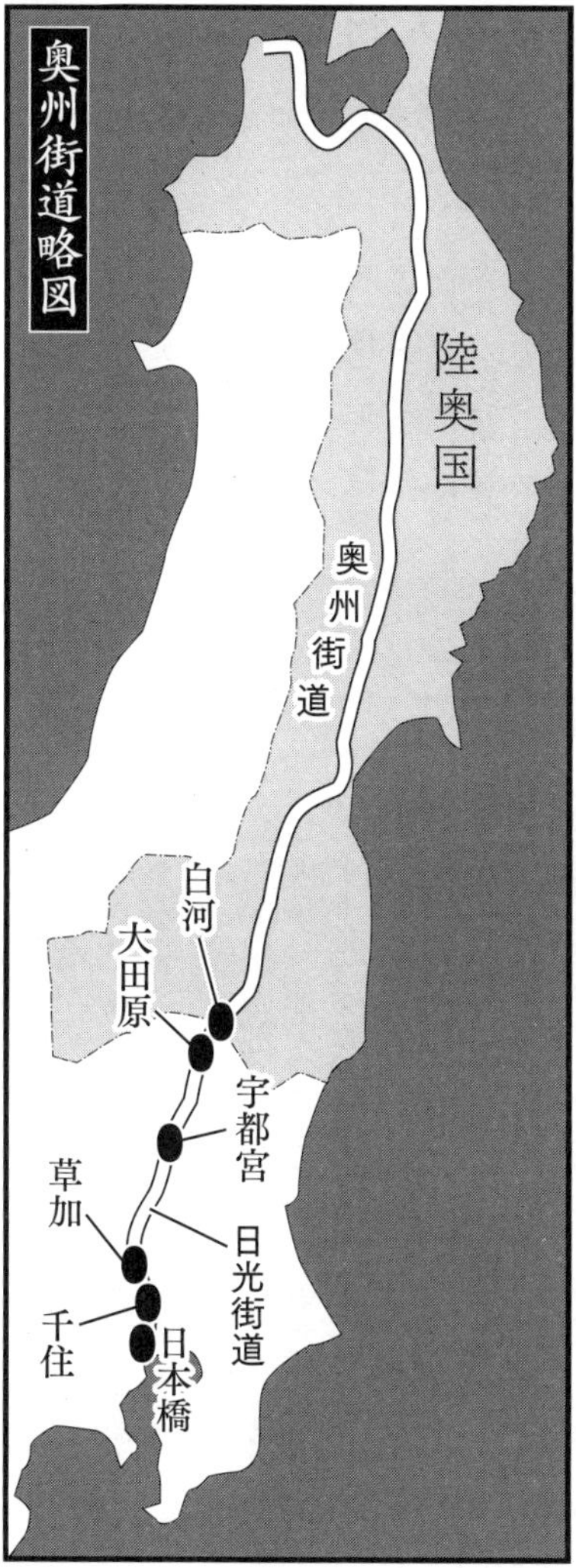
奥州街道略図
陸奥国
奥州街道
白河
大田原
宇都宮
草加
日光街道
千住
日本橋

北
西
東
南
本郷
神田川
江戸城

主な登場人物

〈青柳家〉

青柳剣一郎《あおやぎけんいちろう》
風烈廻り与力。柳生新陰流の達人で、賊を退治した際に頬に受けた刀傷の痕から、〝青痣与力〟と呼ばれ、市井の人々に畏れ敬われている

多恵《たえ》
剣一郎の妻女。勘が鋭く、剣一郎を支えながら、町の女たちの悩み相談にものっている

剣之助《けんのすけ》
剣一郎の倅。吟味方与力の見習い

志乃《しの》
剣之助の妻女

るい
剣一郎の娘

太助《たすけ》
猫の蚤取りを生業にしながら、剣一郎の手先として働く

（太助 → 青柳剣一郎：仕える）

（宇野清左衛門 → 青柳剣一郎：特命）

〈南町奉行所〉

宇野清左衛門《うのせいざえもん》
奉行所を取り仕切る年番方与力。剣一郎の眼力を買い、難事件の探索を託す

長谷川四郎兵衛《はせがわしろべえ》
内与力。奉行の威光を盾に、剣一郎に高圧的な態度で難癖をつける

橋尾左門《はしおさもん》
吟味方与力。剣一郎の幼馴染でもある

礒島源太郎《いそじまげんたろう》
大信田新吾《おおしだしんご》
風烈廻り同心。剣一郎と見回りにあたることも多い

植村京之進《うえむらきょうのしん》
定町廻り同心。剣一郎に強い憧れを抱いている

作田新兵衛《さくたしんべえ》
隠密廻り同心。変装の達人で、剣一郎の信頼が厚い

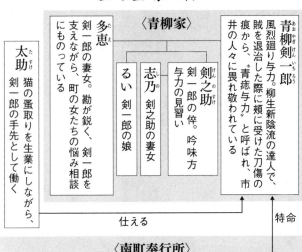

第五章　疑　惑

一

神田須田町《かんだすだちょう》から八辻ヶ原《やつじがはら》を突っ切り、筋違橋《すじかいばし》に差しかかった。

草木を渡る風の声が聞こえたような気がして、青柳剣一郎《あおやぎけんいちろう》はふと足を止めた。一点の曇りもなく青空が広がっている。さわやかな季節で、行き交う人々の顔も穏やかだ。だが、剣一郎は屈託を抱えていた。

「青柳さま。どうかなさいましたか」

太助《たすけ》が驚いてきいた。

「風の声だ」

「風の声？」

太助が不思議そうにきく。

「しっかりしろと叱咤《しった》されたような気がした」

浪人が殺された事件の探索はいっこうに捗《はかど》らない。植村京之進《うえむらきようのしん》たちの懸命な探索にも拘《かか》わらず、亡骸《なきがら》を棄《す》てた舟を見ていた者も見つからない。

浪人が五人も殺されている。これが町人だったら世間はもっと騒いでいるはずだ。だが、奉行所への不満や非難が湧き起こらないのは、殺されたのが浪人ばかりだからだ。

殺されたのが浪人だから、奉行所はそれほど探索に熱心にならないのだと言っている者がいると太助から聞いた。

浪人であってもひとひとりの命に変わりはない。だが、そのように思う者がいるのは事実だ。

「人々の思いが風の声になってわしの耳に聞こえたのだ」

剣一郎は忸怩《じくじ》たる思いで呟《つぶや》いた。

作田新兵衛《さくたしんべえ》に賭《か》けているが、果たして白い髭《ひげ》を生やした浅黒い顔の修験者《しゆげんじや》が新兵衛に目をつけてくるかもわからない。

剣一郎はもはや何の打つ手もないが、やはり白い髭の修験者が唯一の手掛かりだ。

筋違橋を渡り、御成道《おなりみち》を行き、下谷広小路《したやひろこうじ》を抜けて池之端仲町《いけのはたなかちよう》にやってきた。

太物問屋『上総屋《かずさや》』を訪ねると、剣一郎と太助は客間に通され、主人の孫兵衛《まごべえ》と向かい合った。孫兵衛はだいぶ憔悴《しょうすい》しているようだ。羽黒山《はぐろさん》の修験者虎《とら》の行者《ぎょうじゃ》に娘の病気回復の祈禱《きとう》をしてもらっているのだ。

「その後、娘御の容態はいかがか」

剣一郎は切りだした。

「さらに悪くなったようでして」

孫兵衛は沈んだ声で言う。

「特別な祈禱はしたのか」

「はい」

百両出すと特別な祈禱をやってもらえる。誰にも見られずに十日間、一切飲まず食わずで一睡もせずに虎の行者が祈禱を続けるという。

「十日間の祈禱が終わっても霊験はないのだな」

「ありません」

「虎の行者は何と言っている？」

「質《たち》の悪い魔がとりついている。秘法の祈禱をしてみると」

「秘法の祈禱だと？」

剣一郎は不快な臭《にお》いを嗅《か》いだように思わず顔をしかめ、

「これまでそんな祈禱があると聞いていたか」

「いえ。今回がはじめてです」

「また、百両か」

「いえ、二百両です」

「ばかな。で、どうするのだ?」

剣一郎は呆《あき》れた。

「じつは、押上村《おしあげむら》の鬼仙坊《きざんぼう》さまの使いがやってきて、虎の行者の祈禱が効《き》かなかった魔を鬼仙坊さまなら退治出来る。今までに何度も退治していると仰《おつしや》って」

「今度は鬼仙坊に頼るつもりか」

「他に手立てが……」

「ある」

剣一郎は鋭く言い、

「蘭方医《らんぽう》の平岩春学《ひらいわしゆんがく》に診《み》てもらうのだ」

「…………」

「娘御を見殺しにするつもりか」

剣一郎は声を強めた。

「松元朴善《まつもとぼくぜん》さまが匙《さじ》を投げたのです。もう医者の手に負えないのです」

「病によっては蘭方のほうが治るかもしれぬ。表御番《おもてごばん》医師の平岩春学どのに診てもらうのだ。じつは松元朴善に会ったあと、平岩春学どのを訪ねた。朴善から聞いた娘御の病状を話したところ、胃の腫《は》れ物は施術でとれるかもしれないと言っていた」

「………」

孫兵衛の反応は鈍い。

剣一郎は吐息を漏《も》らし、

「そなた、虎の行者をどう思っているのだ？」

と、改めてきいた。

「どうと仰いますと」

「まだ、信じているのか」

「病気が治ったというひともいますから」

「病気が治ったのは誰だ？」

「名前は知りません」

「誰から聞いたのだ?」

「虎の行者の弟子からです」

「虎の行者の身内にきいても無駄だ」

剣一郎は言い切った。

「…………」

「当初、虎の行者が店先に立ち、この店に魔が潜《ひそ》んでいると叫んだそうだな」

「はい」

「娘御の病気のことを見抜いたということだったが、虎の行者は娘御が病気なのを言い当てたのか。それともただ病人がいると?」

「娘が臥《ふ》せっているであろうと言い当てました。青柳さまは、医者が出入りをするのを見て病人がいるとわかったのだと仰いましたが、それでは娘のことまでわかりません」

孫兵衛は虎の行者の肩を持つように言う。

「娘御が病人だと誰かから聞いたのではないか」

「おおっぴらにはしておりませんから」

「なるほど。しかし、そのぐらいのこと、調べればわかるのではないか」

「いえ、なかなか」

「そうか、わかった」

剣一郎は落胆したように呟き、

「妻女を呼んでもらおう」

と、言った。

「どうしてでしょうか」

孫兵衛は不審そうな顔をした。

「妻女の考えもききたい」

「私と同じ考えです」

「それでも確かめたい」

「わかりました」

渋々言い、孫兵衛は手を叩いた。

女中が顔を出すと、

「内儀《おかみ》を呼んでおくれ」

と、頼んだ。

しばらくして内儀がやってきた。目の下に隈《くま》が出来ていて、顔色も悪い。あまり寝ていないのではないかと思った。

「内儀。心労が重なっているようだな」

剣一郎はずばり言う。

「はい。娘のことで眠れない日々が続いています」

内儀は苦しそうな表情で頷《うなず》く。

「そなたも虎の行者を信じているのか」

「いえ」

内儀は首を横に振り、

「最初は藁《わら》にも縋《すが》る思いで頼りました。でも、いくら祈禱してもらってもいっこうによくなりません」

と、激しい口調で言った。

「祈禱では娘御の病は治らぬ。今度は鬼仙坊に頼ろうなど愚《ぐ》の骨頂《こっちょう》である。表御番医師の蘭方医平岩春学どのに診てもらうのだ。春学どのに娘御の病状を話したところ、施術でなんとかなるかもしれないと言っていた」

「でも、うちのひとが」

内儀は孫兵衛に顔を向けた。

「だから、そなたを呼んだのだ」

剣一郎は厳しく、

「このままなら金ばかりとられ、娘御を見殺しにすることになる。そなたが孫兵衛の目を覚まさせるのだ。でないと、そなたたちは一生後悔することになる」

と、言いきった。

「旦那」

それまで黙っていた太助が口を挟んだ。

「青柳さまと虎の行者、あるいは鬼仙坊と、どちらの言葉を信じますかえ」

「えっ？」

孫兵衛は驚いたように顔を上げた。

「青柳さまより虎の行者のほうを信じるというなら仕方ありませんが」

その言葉に、孫兵衛ははっとしたように顔を上げ、

「私は青柳さまを尊敬出来るお方と思っています」

「だったら、どうして青柳さまのお言葉を受け入れようとしないのですかえ」

太助は畳みかけた。

「…………」

「おまえさん」

内儀が孫兵衛の腕を揺すった。

孫兵衛は大きく息を吐《は》き、

「わかりました。青柳さま。どうか、平岩春学先生にお願いしていただけますか」

と、頭を下げた。

「うむ、よく決心した。平岩春学どのには娘御のことは話してある。すぐに行くがよい」

「畏《かしこ》まりました」

「太助、案内してあげるのだ」

蘭方医平岩春学の医院は神田三河町《みかわちょう》にある。

「わかりました」

あとを任せ、剣一郎は『上総屋』を出た。

それから四半刻（三十分）後、剣一郎は駒形町《こまがたちょう》にある蕎麦屋《そばや》『嵯峨屋《さがや》』にやって来た。

三十半ばの色白のおとなしそうな顔をした亭主は、板場で年寄りといっしょに蕎麦汁を作っていた。作業を年寄りに任せ、亭主は剣一郎を客間に通した。

「その後、店のほうはどうだ？」

差し向かいになってから、剣一郎はきいた。

「おかげさまで客も徐々に戻ってきています。もう不動明王の掛け軸は取っ払いました」

「鬼仙坊と縁を切ったのか」

「はい。先日、青柳さまが仰いましたように、神仏に頼るのではなく、味の工夫をしてみようと思いました。それで、さっきいたお方に手を貸してもらって」

「あの年寄りか」

「はい。何年か前まで、蕎麦職人だったお方です。あんな祈禱にお金をかけるなら、ちゃんとしたお方に来てもらったほうがよほどいいと気づきました」

「そうか。それがいい」

剣一郎は頷いた。

「だから、虎の行者の使いがうちにやってきたときもきっぱり撥《は》ねつけました」

「虎の行者が？」

「はい。いきなりやって来て、鬼仙坊の祈禱より虎の行者の祈禱のほうがはるかに霊験あらたかだとしつこく言って来ました」

「なるほど。そういうわけか」

剣一郎は顔をしかめ、

「じつは虎の行者の祈禱を受けていた商家がある。祈禱の効き目がなく、さらに祈禱を続けるか迷っているところに鬼仙坊の使いが来たそうだ。虎の行者の祈禱でうまくいかなかった者が、鬼仙坊の祈禱でみな救われていると言っていたそうだ」

「ほんとうですか。私のところと逆ですね」

「そうだ。十分に怪しい。お互いの信者のことをよく知っているようだ」

「どうして知っているんでしょうか。お互いに間者《かんじゃ》を送り込んでいるのでしょうか」

「いや、違う」

剣一郎は眉をひそめ、

「虎の行者と鬼仙坊は信者を取り合う仇《かたき》同士に見せかけて、その実態は仲間である可能性がある」

「なんと」

亭主は目をぱちくりさせた。

「祈禱に効き目がないことがわかって去って行った信者にもう一方が近付き、新たに金を巻き上げようとしているのだ」

「なんとかならないのですか」

亭主は憤慨して、

「早くとっつかまえないと、騙《だま》されるひとがもっと増えます」

「なんとかしよう」

剣一郎は答えたが、難しい面がある。信者の中にはほんとうに悩み事がなくなったり、改善したりした例もあるのではないか。祈禱が効いたわけではなく、自然の流れで解決したとしても、祈禱のおかげだと信じる者もいるはずだ。

また、変化がなかったとしても、霊験があるから悪くなっていないのだと思い込まされている者もいよう。

虎の行者と鬼仙坊を問い詰《つ》めても、たまたま加持祈禱が効かなかっただけで、騙すつもりはなかったと言い張られたら、それを突き崩す証《あかし》が得られるか。

しかし、このままにしておいていいわけはなかった。

ひとつ考えられるのは、虎の行者と鬼仙坊がつるんでいる場合だ。そこに、騙そうとする意図が隠れている。

さらにもうひとつ、虎の行者が『上総屋』の娘の病気を知っていたということだ。これがほんとうに修験者の眼力でわかったのか。それがわかれば、虎の行者を追い詰めることが出来るかもしれない。

「修験者の化けの皮を剝《は》ぐためにも、お白州《しらす》で証言をしてくれるか」

剣一郎は確かめた。

「もちろんです。このままでは、私も腹の虫が納まりません」

「よし」

亭主の決意を聞き、剣一郎は心を強くして『嵯峨屋』をあとにした。

二

剣一郎は駒形町から神田花房町《はなぶさちょう》の松元朴善の家に向かった。

朴善は金持ちの病人しか相手にしないようだ。往診には駕籠《かご》に乗り、供の者を何人もつけて患者の家に向かうのだ。

朴善の家に着いて戸を開けた。

三十半ばと思える武士が土間に立っていた。広い肩幅、締まった体をしている。

「どうぞ」

武士は剣一郎のために場所を空《あ》けた。

「いや、私はあとでいいのです」

剣一郎はあわてて言う。

「私は薬の調合をしてもらっているだけですから」

武士は答える。

「どなたの？」

「妻です。もともと体が弱かったのですが、朴善先生に調合してもらった薬を飲み続けていたらだいぶ元気になりました」

武士は答える。

「いつも、あなたさまが薬をとりにこられるのですか」

「妻にとっては大事なものですから、私自身で労をとりたいと思いましてね。そのほうが願いが届き、治りが早いのではないかと。まあ、気休めでしょうが」

「それほど妻女どのを大事に思われているということですね」

「妻の病を治すためならどんなことでもやります」

武士は厳しい表情で言った。その言い方になんとなく違和感を覚えた。剣一郎に答えたというより、自分で気づかないまま口にしたように思えた。

剣一郎がさらに問いかけようとしたとき、弟子が薬袋を持ってきた。

「黒川《くろかわ》さま。お待たせいたしました」

「うむ」

武士は一両を出し、薬袋を受け取った。

それを懐《ふところ》に入れ、剣一郎にも挨拶《あいさつ》をして、黒川と呼ばれた武士は急いで土間から出て行った。

剣一郎は改めて朴善への面会を弟子に申し入れた。

「少々お待ちください」

弟子は奥の部屋に向かった。

すぐ戻ってきて、朴善のところに案内してくれた。

患者は数人待っているだけだ。金持ちの家の往診が主で、通ってくる患者を診るのは朴善の弟子である。

朴善は客間で待っていて、

「青柳さま。いったい何用でございましょうか」

と、剣一郎が腰をおろすなりきいた。

「うむ。また、『上総屋』の娘のことでききたいのだ」

「可哀そうですが、もう助かりますまい」

朴善は見放したように言う。

「腹部に腫れ物が出来ているということだったな」

「さようで」

蘭方医の平岩春学に娘の容態を話したところ、施術をすれば助かるかもしれないと言っていた。

漢方医より蘭方医のほうが優れているということではなく、ある病気によっては蘭方医のほうがいい場合もあるということだ。

「先日話したが、虎の行者が娘の祈禱を行なっている。虎の行者を知っているな」

「いえ、知りません」

「ある日、『上総屋』の店先に修験者が立って、この家に魔が潜んでいると叫んだそうだ。娘の病気を見抜いたということで、『上総屋』の主人はすっかり虎の行者を信用してしまったのだ」

「…………」

「そなたが『上総屋』を出るとき、虎の行者と会わなかったか」

「いや……」

一瞬、朴善の目が泳いだ。

「もう一度きく。虎の行者と会ったことはあるか」

「ありません」

「もし、あとで真相がわかったらどうなると思うか」

「真相と仰いますと？」

朴善は不安そうな顔をした。

「そなたは加持祈禱で病気が治ると思っているか」

「そんなもので病気が治るなら医者はいりません」

「しかし、虎の行者は医者が見放した患者に祈禱をすれば治ると言っているようだ」

「…………」

「虎の行者は『上総屋』に魔がとりついていると言い、娘の病を言い当てたそうだ。信じられるか」

「厳しい修行をした修験者ならありえるかもしれません」

「本心からそう思っているのか」

「……はい」

朴善の答えに間があった。

「他に手の施《ほどこ》しようもない患者はいたか」

剣一郎は鋭くきいた。

「それは……」

朴善は戸惑《とまど》い気味になった。

「どうだ？」

「何人か」

「どこの誰だ？」

「どうしてそのようなことを？」

「そこにも虎の行者が現われているかもしれぬでな」

「…………」

「さあ、教えてもらおうか。どうした、汗をかいているではないか」

「いえ……」

「松元朴善」

剣一郎は語気を強め、

「ありていに言うのだ。このままでは、そなたも同罪だ」

と、脅《おど》した。

「ど、どういうことでございますか」

朴善はうろたえた。

「はっきり言おう。そなた、虎の行者に娘の病のことを話したな」

「そんなことしていません」

朴善は首を横に振った。

「ならば、他に手の施しようもない患者の名を言ってもよかろう」

「よく考えたら、そんな患者はいませんでした」

「嘘ではあるまいな」

「はい」

「虎の行者の信者に確かめればわかること」

剣一郎は言ってから、

「戸隠山《とがくしやま》の修験者で鬼仙坊という者がいる。知っているか」

と、きいた。

「いえ、興味はありませんので」

「そうか。虎の行者と鬼仙坊はどうもつるんでいるようだ」

両者の関係を話し、

「そうだとすると、両者は騙《かた》りを働いている可能性が出てくるのだ」

「騙り……」

「これから奉行所でも本格的に調べるつもりだ。虎の行者がなぜ『上総屋』の娘のことを知っていたのか。虎の行者からそなたの名が出てきたらどういい訳をするつもりだ」

「それは……」

「そなたも騙りの仲間か、それとも騙りの片棒を担《かつ》がされただけか、それによってはそなたの運命が大きく変わろう」

朴善は戦《おのの》いたように口を半開きにした。

「邪魔したな」

剣一郎は腰を上げた。

「お待ちください」

朴善はあわてて引き止めた。

「恐れ入りました。私が虎の行者に教えました」

「詳しく話してもらおう」

「はい。虎の行者は私の駕籠のあとをつけていたようです。私が『上総屋』から出てくるのを待っていて、病人は誰か教えてくれと。一両くれるというので、つい話してしまいました」

「金持ちの病人を相手にしている医者が一両で騙りの片棒を……」

「片棒を担いだつもりはありません」

朴善は懸命に訴え、

「虎の行者から他の患者のことで頼まれたことには、きっぱりお断りしました」

「何を頼まれたのだ?」

「命に関わるような病気でない患者の家族に、手の施しようもないと言えと。祈禱で治ったように見せかけたいのだと思いました」

「それは断ったのか」

「断りました。さすがにそんなことは言えませんし、医者としての信頼を損ないかねませんから」

「お白州で、今のことを証言出来るか」

「はい」

「よし。ちゃんと証言するならば、騙りの片棒を担いだという疑いは問わぬことにしよう」

「はい」

朴善はほっとしたように溜め息をついた。

これで虎の行者と鬼仙坊を追い詰めることが出来ると思った。その前に白い髭《ひげ》の修験者のことを確かめねばならないと、剣一郎は思った。


それから、剣一郎は根岸《ねぎし》の虎の行者の道場を訪ねたが、虎の行者と会うことが出来たのは半刻（一時間）経《た》ってからだった。

広い道場の隣の小部屋で、剣一郎は虎の行者と若い修験者と向き合った。ふたりとも頭に頭巾《ずきん》をつけ、篠懸衣《すずかけごろも》を着て、手には錫杖《しゃくじょう》を持っている。

「奉行所の与力《よりき》どのが何故我が道場に来られるのか」

虎の行者は鋭い眼光を向けた。四十半ばぐらいか。

「じつはこのふた月半ほどで浪人が五人も殺された。みな亡骸《なきがら》を菰《こも》で巻かれて川に棄てられてあった。この浪人たちに白い髭を生やした浅黒い顔の修験者が近づいていることがわかった」

「白い髭の修験者など、ここにはいない」

「心当たりはないか」

「ない」

「町を歩いていて、そんな修験者を見かけたことは？」

「ないな」

虎の行者は突慳貪《つっけんどん》に言う。

嘘をついている様子はなく、この道場内に白い髭の修験者も見あたらなかった。

「虎の行者どのは羽黒山で修行をされたとか？」

剣一郎はついでにきいた。

「さよう」

「どのような修行を？」

「峰々に分け入り、自然の中に身を置き、山に宿る神々と接し、激しい修行から神通力や霊力などあらゆる力を会得する」

「あらゆる力というのは祈禱で病も治せると？」

剣一郎はわざときく。

「さよう。加持祈禱で何人もの病気を治してきた」

「『上総屋』の娘の病気は治らなかったようだが？」

「…………」

虎の行者は渋い顔をした。

「治せない病気もあると？」

「『上総屋』の娘も秘法の祈禱をすれば必ず治る。だが、上総屋がさらなる祈禱を望まなかったのだ」

「なぜ、普通の祈禱では治せなかったのか」

「患者にとりついている魔の強さだ」

「加持祈禱はひとびとのためにやっているのか。それとも自分のため、つまり金儲《もう》けでやっているのか」

「金儲けではない」

「それにしてはいい値段だと思うが」

剣一郎は言う。

「我らは全身全霊で命を賭けて祈禱をしている。魔が強ければ祈禱中に命を落とすこともあるのだ」

虎の行者は憤然と言う。

「押上村に鬼仙坊という修験者がいる。御存じか」

「知っている」

「親しいようだが」

剣一郎は鎌をかけた。

「何を言うか。親しいわけない。競争相手だ」

「競争相手？　何を競っているのかな。ひょっとして信者の取り合いなどを？」

「もうそろそろよろしいか。これから護摩行《ごまぎょう》があるのでな」

「わかった」

剣一郎は腰を上げた。

虎の行者からは修行した者から受ける霊的な迫力を感じなかった。俗人でしかない。羽黒山で修行はしたかもしれないが、途中で挫折したのだろう。

それから、剣一郎は押上村に行った。

鬼仙坊は虎の行者と同じ衣装を着ていた。鬼瓦のようないかつい顔で、三十半ばのようだ。

「戸隠山で修行をされたそうだが」

剣一郎はきいた。

「さよう。戸隠は修験道の道場として名高いところ。そこで、悟《さと》りを開いた」

鬼仙坊は不敵に笑った。

「根岸に、虎の行者という修験者がいるが御存じか」

「知っている」

「虎の行者はまっとうに修行をしたのだろうか」

「そうであろう。あの者は羽黒山の修験者だ」

「羽黒山と戸隠では修行の仕方が違うのかな」

「青柳さま。わしらは忙しいのだ。そのような講釈をしている暇はござらん」

「そうか。では、ひとつだけお訊ねしたい」

剣一郎は相手の顔をぐっと睨《にら》みすえ、

「『上総屋』に娘の祈禱を勧めに行ったそうだが」

と、切りだした。

「どうして、『上総屋』の娘が病気だとわかったのか」

「霊験によりわかる」

鬼仙坊は言う。

「虎の行者が娘の祈禱をしていたことを知っていたか」

「もちろんだ」

「どうして知ったのだ？　それも霊験でか」

「そうだ」

「『上総屋』の主人は虎の行者の祈禱は効かなかったと言っていた。そなたなら娘の病を治せると言ったそうだな」

「うむ」

「なぜ、虎の行者の祈禱が効かなかったのだ？　虎の行者にはそんな力がなかったのか」

「そんなことはないはずだ」

「虎の行者の肩を持つようだが、そなたと虎の行者は信者の取り合いで競い合っているのではなかったか」

「…………」

「虎の行者の祈禱が効かなかったものでも、そなたの祈禱なら治るという根拠はなんだ？」

「なぜ、そのようなことを？」

鬼仙坊は顔色を変えた。

「そなたたちの加持祈禱にたくさんの金を使っている者がいる。ほんとうに加持祈禱は効くのか」

「信じていない者には何を言っても無駄だ」

「駒形町に『嵯峨屋』という蕎麦屋がある。そなたから不動明王の掛け軸を購入し、そなたの祈禱を受けていたようだな」

「…………」

「いっこうに効き目がなかったそうだ。すると、そこに虎の行者が現われた。不思議ではないか。『上総屋』の娘の病が虎の行者の祈禱でいっこうによくならないとなったとき、そなたが『上総屋』に現われた」

「何を言っているのかわからぬ」

鬼仙坊はいらだったように吐き捨て、

「さあ、引き上げていただこう。ここは奉行所の者がとやかく言うことは出来ぬ。必要なら寺社奉行《じしやぶぎよう》の許しを得てからにしていただこう」

と、敵意を剥《む》きだしに言った。

「いや、おおよそのことはわかった」

「…………」

「失礼する」

剣一郎は立ち上がった。


夕方に奉行所に戻った剣一郎は年番方《ねんばんかた》与力の宇野清左衛門《うのせいざえもん》と会った。

「浪人殺しの探索はなかなか捗らないようだな」

清左衛門が気難しい顔できいた。

「申し訳ありません」

「いや、青柳どのを責めているのではない」

清左衛門は言い、

「新兵衛のほうもまだか」

と、きいた。

「まだです」

「うむ」

清左衛門は渋い顔をした。

「じつは、浪人殺しの探索の中で、引っ掛かったことがありまして」

「何かな」

「羽黒山の修験者で虎の行者という者が根岸に道場を開き、戸隠山の修験者で鬼仙坊という者が押上村で祈禱所を開いております」

剣一郎は信者の話をし、

「私はそのふたりに会ってきました」

鬼仙坊も虎の行者と同じ印象を持った。修行で悟りを得た者が発する霊的な迫力はなかった。俗人だ。

「このまま見過ごしていれば多くのひとが金をとられるだけです。寺社奉行とも相談し、手を打つべきかと」

「わかった。根岸のほうを管轄している同心《どうしん》に探索を命じよう」

「はい」

清左衛門と別れ、与力部屋に戻ると、京之進が待っていた。

「青柳さま。じつは饅頭笠《まんじゅうがさ》の侍にすれ違いざまに斬りつけられた浪人が見つかりました」

「そうか」

剣一郎は身を乗り出した。

「ところが、その翌日、浪人は網代笠《あじろがさ》に墨染衣の行脚僧に声をかけられたそうです」

「行脚僧?」

「はい。白い髭の修験者ではありません。その行脚僧には髭はなかったそうです」

別人か。それとも白い髭の修験者の姿では世間の目につくと思い、身形《みなり》を変えたか。

「で、その行脚僧はなにを浪人に話したのだ?」

剣一郎は急かすようにきいた。

「行脚僧は、斃《たお》してもらいたい相手がいると言ったそうです」

「斃す?」

「はい。刺客《しかく》を探しているようだと、浪人は言っていました」

「狙いが誰かは聞いていないのだな」

「はい。報酬が五十両なので気持ちは動いたそうですが、その浪人は断りました。行脚僧は素直に引き下がったということです」

「刺客を探しているのか」

剣一郎は呆気《あっけ》にとられた。

「つまり、これまで命を落とした五人の浪人は刺客となり、ことごとく失敗したということになるのか」

「そうなります」

京之進は頷き、

「標的の相手が斃されるまで刺客探しは続くのではないでしょうか」

「うむ。だが、相手が斃されたら、それで終わりか」

剣一郎は何かすっきりせず、

「五人が斬られた時期はばらばらだ。標的を斃すのになぜ、数人の浪人を一斉に立ち向かわせなかったのか」

と、疑問を口にした。

「いずれにしろ、これからは行脚僧の姿をした者が腕の立つ浪人に声をかけることになるのでしょうか」

　京之進が言う。

「両者で浪人探しをするのかもしれない。それにしても、いったい、どんな相手を斃そうとしているのか」

　想像もつかなかったが、それでもわずかながら手掛かりらしいものが摑《つか》めた。

「もはや、白い髭の修験者は虎の行者や鬼仙坊とは無関係と考えてよろしいでしようね」

「うむ。関係ない」

　剣一郎は言ってから、

「宇野さまに虎の行者や鬼仙坊を騙りの疑いで調べるように進言した」

「そうですか」

　京之進が引き上げたあと、剣一郎は改めて刺客のことに思いを馳《は》せた。それほどまでにして斃さねばならぬ相手とは何者なのか。

　夕七つ（午後四時）を過ぎて、剣一郎は奉行所を出て八丁堀《はっちょうぼり》の屋敷に向かった。京橋《きょうばし》を渡ったころから黒い雲が張り出してきた。雨になるかもしれないと、剣一郎の一行は急ぎ足になった。

三

呑み屋を出たとき、顔に冷たいものが当たった。雨かと呟き、新兵衛は小舟《こぶな》町《ちょう》一丁目の長屋に帰った。

好天が続いていて、久しぶりの雨だ。腰高障子の前に立ったとき、雨脚が強くなった。急いで土間に入った。

暗い中に、赤い火の玉が浮かんでいた。何者かが上がり框《かまち》に腰をおろし、煙草《たばこ》を吸っていた。

あわてて煙草盆《たばこぼん》の灰吹に灰を落とし、男は立ち上がった。

「宇野さま」

助三《すけぞう》だった。新兵衛は宇野清左衛門の名を借り、宇野新兵衛と名乗っている。

「勝手に待たせてもらいました」

「うむ」

新兵衛は腰の刀を外し、部屋に上がった。

行灯《あんどん》に火を入れる。仄《ほの》かに灯《とも》った明かりに、三十半ばの険しい顔が浮かび上がった。

「決まったのか」

決行の日を知らせにきたのだろうと、新兵衛は思った。

「それが数日延びまして」

助三は口元を歪《ゆが》めて言う。

「なに、延びる？」

「ええ。ほんとうは明日か明後日にもと思っていたのですが」

「約束が違うではないか。それなら、他の仕事を入れられたのに」

「申し訳ありません」

助三は謝ってから、

「その代わり、これを」

と、一両を差し出した。

「なんだ、これは？」

「延びたぶんの埋め合わせということで」

「他の仕事を請けるなということか」

「さようで」

「まあ、いいだろう」

新兵衛は一両を摑んで、

「それにしても、なぜ延びたのだ？」

「先方の都合で」

「先方とは？」

「へえ、あっしらが襲う相手です」

「もう、ほんとうのところを教えてくれてもいいではないか。狙う相手は誰だ？」

「へえ」

助三は曖昧《あいまい》な反応だ。

「賭場《とば》荒らしか」

新兵衛は想像を口にした。

「まあ。そんなところです」

「というと違うようだな」

「いずれわかることですから」

「いずれわかることなら今話してもいいではないか」

「それもそうなんですが」

助三は煮え切らない。

「そんなに隠したいのか」

「そうではありません。万が一を考えてのことでして」

「少しぐらい手掛かりを教えろ」

新兵衛は食い下がる。

「さいですね」

助三は考えてから、

「相手は極悪非道な連中です。その連中から金を奪おうというのです。けっして堅気のひとに迷惑をかけることじゃありません」

「襲う場所はどこだ?」

「本所《ほんじょ》のほうです」

助三は立ち上がり、

「では、また三日後に参ります」

と言い、戸口に向かった。

「雨が降っているぞ。傘がそこにある。持っていけ」

「ありがとうございます。でも駆《か》けて行けば」

助三が戸を開けると、激しい雨音が飛び込んできた。

「こいつは……」

助三は驚いたように呟く。

「どこまで帰るのかわからないが、濡《ぬ》れ鼠《ねずみ》になる。持っていけ」

新兵衛は勧める。

助三は振り返り、

「じゃあ、お借りしていきます」

と言い、とば口に立てかけてあった番傘を掴んだ。

雨の中を、助三は傘を差して帰って行った。

ひとりになり、改めて仕事の中身を考えた。

賭場荒らしではないようだ。だが、急襲して金を奪うことは間違いない。相手は極悪非道な連中だと言った。

あこぎな真似をして儲けている金貸しか。しかし、極悪非道な連中という言い方からして、仲間がいる集団だ。

極悪非道というと、ひと殺しも厭《いと》わないということかもしれない。

（まさか……）

新兵衛はあることが脳裏《のうり》に閃《ひらめ》いた。

相手は押込みの一味ではないか。

これからどこぞの押込みを企《たくら》んでいる一味がいる。その連中が盗んだ金を横取りしようとしているのではないか。

決行が延びたのは、押込み一味の事情かもしれない。つまり、押込み一味はどこかに押し入るつもりだ。

だが、押込み一味の事情で押し入るのが先になった。いや、一味の事情ではない。押込み先の事情ではないか。

狙っていた商家で何かがあって、押込みを先に延ばさざるを得なかった。そのために助三の決行も延びた。そう考えるほうが自然だ。

助三の狙いは押込み一味が奪う金だ。おそらく隠れ家を急襲するのであろう。一味には腕の立つ三人の浪人がいるという。そのために、新兵衛の腕を頼ろうとしているのだ。

新兵衛は唸《うな》った。

このまま、助三の依頼の仕事をこなすか。その前に押込みによって何人かの命が奪われる可能性もあるのだ。

自分の役目は白い髭の修験者の目にとまる動きをすることだ。だが、そのためにひとの命が危険にさらされているのに腕をこまねいているわけにはいかない。


翌朝、雨は上がり、青空が広がっていた。

誰にもつけられていないことを確かめて、新兵衛は鎌倉河岸《かまくらがし》にある蕎麦屋『楓《かえで》庵《あん》』の暖簾《のれん》をくぐった。昼前だが、客が二組いた。

「いらっしゃいまし」

亭主の銀蔵《ぎんぞう》が出てきた。五十くらいの年配の細身の男だ。

「俺だ」

新兵衛は小さく囁《ささや》く。

銀蔵は黙って頷いた。

「二階は空いているか」

「はい、どうぞ」

銀蔵は客を案内するように階段を指し示した。

新兵衛は階段を上がって二階の奥の部屋に入った。三畳間で、化粧台がひとつ置いてあるだけだった。

新兵衛は押入れから柳行李《やなぎごうり》を引っ張りだし、蓋《ふた》を開ける。中から、印半纏《しるしばんてん》や腹巻などを取り出す。

浪人髷《まげ》の鬘《かつら》を外し、着物を着替えた。腹巻をし、職人の格好になった。

それから脱いだ袴《はかま》や刀を柳行李に仕舞い、押入れに戻す。

「失礼します」

障子が開いて、銀蔵が顔を出した。

銀蔵は新兵衛が定町廻《じょうまちまわ》り同心のときに手札を与えていた男だ。岡っ引きをやめたあと、ここで蕎麦屋をはじめた。

「あとを頼んだ」

「畏まりました」

銀蔵が応じる。

新兵衛はここで変装をするのだ。

新兵衛は部屋を出た。

それから半刻（一時間）後、新兵衛は柳橋《やなぎばし》にやってきた。船宿が並んでいる裏通りにひっそりと佇《たたず》む格子戸の家があった。

新兵衛は格子戸を開け、

「ごめんください」

と、声をかけた。

「はい」

若い女の声がして、女中が出てきた。

「あっしは大工の新吉《しんきち》と申します。旦那さまはいらっしゃいますか」

「少々、お待ちください」

しばらくして、女中が戻ってきた。

「どうぞ」

新兵衛は女中の案内で、内庭が見える部屋に行った。

そこから、大きな二階家が見える。そこで毎晩、賭場が開かれている。

でっぷり肥《ふと》った時蔵《ときぞう》が現われた。

「これは旦那」

時蔵が挨拶をする。

時蔵は盗賊一味の下っ端だった男だ。定町廻り同心のとき、御用になった盗賊一味の中から、新兵衛は時蔵だけを逃がした。

盗人をやめた時蔵は博徒として頭角を現わし、この場所で賭場を開いた。新兵衛は賭場を黙認し、さらに奉行所の手入れなどの情報を知らせている。

その代わり、盗人たちの情報を手に入れている。

時蔵のところには地方から江戸にやってきたやくざの連中や、悪事を働いて逃げ場を失った男たちが逃げ込んでくる。手配書の者でもひそかに匿《かくま》っているので、さまざまな連中が集まってきた。

「教えてもらいたい」

「なんでしょうか」

「助三という男を知らないか。三十半ばの険しい顔の男だ」

「いえ、知りません。その男が何か」

「仕事を持ってきた」

新兵衛はその仕事の内容を話した。

「どこかを襲い、金を奪うつもりだ。俺の予想だと、押込み一味の隠れ家を襲って金を横取りするつもりではないかと思う」

「なんと大胆な」

時蔵は目を丸くした。

「助三の話では、相手は極悪非道な連中だそうだ。江戸では残虐な押込みは起きていない。もし、俺の想像どおりだとしたら、余所《よそ》から江戸に入ってきた連中がいるのではないかと思うのだが」

「そういえば、空《から》っ風《かぜ》の甚助《じんすけ》という頭《かしら》が率いる押込み一味が高崎《たかさき》からいなくなったと、上州《じょうしゅう》から来た博徒が話していました」

「空っ風の甚助？」

「上州ではさんざん暴れ回っていたようです。高崎の大店《おおだな》で主人ら三人が殺され二千両を奪われたのが半年以上前で、それ以降、空っ風の一味に動きがないようです」

「半年以上前からか」

新兵衛はその盗賊が気になった。

江戸に出てきて、どこかに狙いを定めている可能性もあった。

「もしかしたら、空っ風の甚助の手下が、どこかの大店に下男《げなん》として住み込んでいるのかもしれませんぜ」

時蔵は指摘する。

「十分に考えられることだ」

「でも、助三って男は何者でしょうか」

「空っ風の甚助のことを知っているかもしれないのだ。ひょっとして、仲間か」

「仲間割れですか」

「うむ」

新兵衛は溜め息をついてから、

「どこを狙うか知りたい。何かわかったら教えてもらいたい」

「わかりました。銀蔵に伝えておきます」

「頼む。それから」

新兵衛は続けた。

「最近、浪人が殺され菰に巻かれて川に棄てられるという事件が連続している。知っているか」

「はい。耳にしています。うちにいる用心棒の浪人も薄気味悪がっています」

「饅頭笠に裁《た》っ着《つ》け袴《ばかま》の武士が浪人の腕だめしをしてくるようだ」

「裁っ着け袴の武士ですか」

「聞いたことはないか」

「ありませんが、心に留めておきます」

「頼んだ」

新兵衛は立ち上がった。

「相変わらず、繁盛しているようではないか」

「おかげさまで」

江戸の中心に近い場所なので、商家の旦那衆や職人の親方たちなど、客の質もよく、人気の賭場だ。

新兵衛は再び鎌倉河岸の『楓庵』に戻り、浪人の宇野新兵衛になって長屋に戻った。

四

ふつか後、新兵衛は『楓庵』の暖簾をくぐった。

板場から銀蔵が出てきた。その顔を見て、時蔵から言伝《ことづて》がきていると察した。

新兵衛は小上がりに座り、酒を頼んだ。

昼過ぎだが、客は何人もいた。職人体の男や商家の隠居、商人らしい男。女連れの客もいる。

小女が酒を運んできた。

呑みながら、客を観察したが、不審なところはないようだ。

酒を呑み終えたあと、蒸籠《せいろ》蕎麦を頼んだ。

亭主の銀蔵は岡っ引きのときから蕎麦職人に手解《てほど》きを受けていた。そして、岡っ引きをやめると同時にここで蕎麦屋を開いたのだが、最初は客がつかなかった。味の問題だ。

その後、いろいろ失敗を繰り返しながら、自分の蕎麦に行き着いた。

信州更科《しんしゅうさらしな》のそば粉を使い、つなぎの小麦粉を混ぜずに、生粉《きこ》そばを作り上げた。捏《こ》ねるときのお湯の加減や手で満遍なく延ばす力の加減など、工夫を重ねて蕎麦を打てるようになった。

そば汁も他の有名な蕎麦屋の味を覚え、その上でかつお出汁と醬油《しょうゆ》を基本に生粉そばに合う汁を作り上げた。

「どうぞ」

銀蔵が自ら蒸籠を運んできた。

「うまそうだ」

新兵衛は目を細める。

「本町《ほんちょう》三丁目の鼻緒問屋『越後屋《えちごや》』に、空っ風の甚助の手下が下男として入り込んでいるそうです」

銀蔵が小声で言った。

「わかった」

「どうぞ、ごゆっくり」

銀蔵は亭主の顔になって板場に戻って行った。

新兵衛は箸《はし》を摑んで蕎麦をつまみ、汁につけてすする。

このまま何もしなければ、空っ風の甚助一味に『越後屋』が襲われる。何人もの死人が出るかもしれない。

そして、一味の隠れ家を襲い、金を横取りする。三人いるという浪人を斬り捨てれば、新兵衛は目立つ。

そうすれば刺客の誘いの声がかかる可能性が出てくる。太助の話では、饅頭笠に裁っ着け袴の侍が浪人の腕だめしをしているらしい。白い髭の修験者の仲間のようだ。

しかし、『越後屋』が襲われるのを見過ごすことは出来ない。

新兵衛は蕎麦を食べきり、汁まで飲み干すと銭を払って店を出た。

鎌倉河岸からお濠沿《ほりぞ》いを行き、本町通りに入った。落とし差しにした刀の柄《つか》に白い布をかけている。太助への知らせだ。

賑やかな通りを本町三丁目にやって来た。

鼻緒問屋『越後屋』の前を通る。瓦屋根の二階建てで、大きな屋根看板が掲げられ、金文字で屋号が書かれている。広い間口の店先を、たくさんの客が出入りしている。かなり繁盛しているようだ。

新兵衛は行きすぎたあと、用心してそのまま先に向かった。どこぞに助三の目があるかもしれない。

浜町堀《はまちょうぼり》に差しかかると、新兵衛は堀に沿って大川《おおかわ》のほうに足を向けた。そぞろ歩きを装いながら、途中で堀から離れた。

そして、葭町《よしちょう》を経て親父橋《おやじばし》を渡り、照降町《てりふりちょう》を過ぎて、伊勢町堀《いせちょうぼり》に出た。それから、小舟町一丁目の長屋に戻った。

これまでの経緯を文《ふみ》に認《したた》め、懐にしまう。

夕方まで待ったが、助三がやってくる気配はなかった。空っ風の甚助はまだ決行しないようだ。

暮六つ（午後六時）になって、新兵衛は長屋を出た。

隣町にある呑み屋の暖簾をくぐる。小上がりに落ち着き、酒を呑んでいると、戸口に若い男が立った。

太助だった。太助はひとを探しているふうを装い、新兵衛と目を合わせた。新兵衛はさりげなく筆を持つ真似をした。

太助は頷き、そのまま引き返した。

それから半刻（一時間）ほど過ごし、新兵衛は伊勢町堀の塩河岸《しおがし》のほうに足を向けた。

堀のそばにある柳の木の脇に太助が立っていた。新兵衛はそこに向かうと、太助はそこを離れ、こっちに向かってきた。

すれ違いざまに、新兵衛は丸めた文を太助の手に渡した。

新兵衛はそのまま柳の木のそばに行き、用を足す振りをした。誰にも見られていないと思うが、用心した。

太助が八丁堀の屋敷にやって来た。

庭先から部屋に上がった太助は、新兵衛からの文を差し出した。

剣一郎は文を広げ、読み進めて真剣な顔になった。

「何が書かれているのですか」

太助が驚いてきく。

「上州の盗賊、空っ風の甚助一味が本町三丁目にある鼻緒問屋の『越後屋』に押し込むらしい。手下が下男として住み込んでいるそうだ。決行日はまだわからぬ」

「空っ風の甚助ですか」

「うむ。極悪非道な連中だ。押込み先で平気でひとを殺す。その残虐な犯行の噂は江戸にも届いている」

「そんな恐ろしい連中が江戸にやって来たってわけですか」

「詳しいことは書かれていないが、空っ風の甚助一味が江戸にやってきているのは間違いあるまい」

「作田さまは空っ風の甚助一味に誘われたのでしょうか」

太助は不安を口にした。

「いや。新兵衛は口入れ屋から仕事をもらっている。空っ風の甚助が仲間を口入れ屋から紹介してもらうとは考えられない」

「作田さまはどうして空っ風の甚助一味のことがわかったのでしょうか」

「そのことは書いていない。おそらく、新兵衛は押込みだけを阻止したいと思ったのだろう。新兵衛を雇った者のことに触れていないのは、仲間の信義を守ってのことだ。今、新兵衛がどういう立ち位置にいるか、そこまで関知する必要はない」

剣一郎は任務を与えた以上、そのやり方は新兵衛に一切を任せ、口出しはしない。結果を求めるだけだ。

それは家族を犠牲にして任務に励む、隠密同心に対する敬意の印であった。だから、剣一郎は新兵衛の情報源を知らない。裏社会の誰と付き合いがあるのか、きいたこともない。

「太助、すまぬが京之進を呼んできてくれぬか」

「わかりました」

太助は立ち上がって庭先から出て行った。

ほどなく、太助は戻ってきた。

「すぐいらっしゃるそうです」

「太助。その間に飯を食ってこい」

「でも」

「多恵《たえ》が呼びに来る前に行ってこい」

「へい」

太助は庭先から台所にまわった。

入れ代わるように、京之進がやってきた。

「呼び立ててすまなかった」

「いえ」

「これを見てくれ。新兵衛からだ」

剣一郎は文を渡した。

「はっ」

京之進は受け取って文に目を落とした。

「これは」

京之進は顔色を変えた。

「空っ風の甚助一味が本町三丁目にある鼻緒問屋の『越後屋』に押し込むというのですね。奴らは冷酷な連中という噂です」

「新兵衛が探り出したのだ。間違いないだろう」

「いつ押し込むかまだわからないのですね」

「わからない。それより、手下が下男として入り込んでいるとしたら厄介だ。へたに、『越後屋』に探りに行ったら、こっちの動きが筒抜けになってしまう」

「いかがいたしましょうか」

「新兵衛のことだ。決行の日がわかったら知らせてくるはずだ。その日に捕り方を待機させ、一味を一網打尽にするしかない。いつでも捕り方を動かせるようにしておいてもらおう」

「わかりました」

「郡代《ぐんだい》屋敷に出向き、御代官手付《おだいかんてつけ》から空っ風の甚助一味についてわかっていることを聞き出しておくのだ。一味の人数、侍がいるのか……」

「はい」

京之進は返事をし、

「いったい、作田さまはどうしてこのことを知ったのでしょうか」

「わからぬが、空っ風の甚助一味と敵対する者に雇われた可能性もある。雇った者のことは口入れ屋の『大黒屋《だいこくや》』に問い合わせればわかるが、新兵衛に一切を任せてあるからそこまではしなくていい」

「わかりました」

「新兵衛の目的は白い髭の修験者か、網代笠の行脚僧が接触してくるのを待つことだったが、思わぬ盗賊の動きを知って、かえって戸惑っているかもしれぬ」

「でも、これで空っ風の甚助一味を捕らえることが出来たら大手柄にございます」

「そのとおりだ」

剣一郎は頷いたとき、太助が戻ってきた。

「では、私はこれで」

京之進が挨拶をした。

「夜分にすまなかった」

京之進が引き上げたあと、多恵がやってきた。

「京之進どのはもうお帰りですか」

「今帰ったところだ」

「そうですか」

「ところで、新兵衛の留守宅には行ってくれたか」

剣一郎はきいた。

「はい。きょうも行ってきました。初枝《はつえ》さまもお元気です。新兵衛さまの身を案じてはいましたが」

「そうであろうな。もうそろそろひと月近くなるか」

「太助さんが会っているから心配ないと言いたかったのですが。新兵衛さまが元気だとわかれば安心するでしょうから」

「そうよな。だが、そうすると、江戸を離れてのお役目のときが困る。その場合は様子を伝えられないからな」

新兵衛は妻女に行先を告げない。役目に入ると、家族のことも忘れるのだ。隠密同心の申し子のような男である。そんな男をずっと支えてきた初枝には頭の下がる思いがする。

「太助。新兵衛は押込みの日がわかればすぐに知らせようと思うだろう。常に、新兵衛と接触出来るようにしておくのだ」

「わかりました」

秋もたけなわになった。晩秋には新兵衛を妻女の元に帰してやりたい。庭からの涼しい風を受けながら、剣一郎は新兵衛に思いを馳せた。

翌日も新兵衛はぶらぶらして過ごした。親父橋を渡り、葭町を経て浜町堀に出た。それから堀沿いを通油町《とおりあぶらちょう》に出て本町三丁目に向かった。

鼻緒問屋『越後屋』の屋根看板が見えてきた。店の横に大八車が着いて、荷を下ろしはじめた。

新兵衛は『越後屋』の前を過ぎるとき、辺りに注意を向けた。ふと、鋳掛《いか》け屋の男が路地に入って行くのが見えた。

下男として入り込んでいる仲間との繋《つな》ぎをとるのかもしれないと思ったが、新兵衛はあえてあとをつけなかった。

伊勢町堀のほうに向かうと、いきなり怒鳴《どな》り声が聞こえた。顔を向けると、商家の前で髭面のいかつい男が手代を怒鳴っていた。手代の横で小僧がいすくまっていた。

新兵衛はその場に近寄った。

「どうした?」

手代にきいた。

「はい。小僧がこのひとに水をかけてしまったようで」

野次馬が集まってきた。

「水がかかったのか」

新兵衛はいかつい男にきく。

「そうだ」

「どこに？」

「なに？」

「どこに水がかかったかときいているんだ」

「足だ」

「見せてみろ」

「きさま。俺をおちょくっているのか」

「おちょくってなどおらぬ。ただ、見たところ、そなたの足に濡れた形跡がないのでな」

「なんだと」

「気のせいだ。濡れてなどおらぬ」

新兵衛は言い切った。

「てめえ」

男が新兵衛の胸倉に手を伸ばした。

新兵衛はその手首を摑んでひねった。

「うっ」

男はうめき声を上げた。

「どうだ、水はかかったのか、かかっていないのか、はっきりしろ」

「痛《いて》え。放せ」

「水はかかっていないのだろう。どうだ?」

新兵衛はさらに腕をひねった。

「わかった。放せ。かかっちゃいねえ」

「よし」

新兵衛は男の手を放した。

男はもう一方の手で腕をさすりながら、

「ちくしょう」

と、新兵衛を睨《にら》んだ。

「もう行け。あっ、待て」

新兵衛は呼び止めた。

「いいか、この店に二度と顔を出すな。出したら、今度はその片腕をへし折ってやる。いいな。行け」

「覚えていやがれ」

男は逃げだして行った。

「ありがとうございました。でも、仕返しにやってこないでしょうか」

「大丈夫だ。あれほど脅したからな。万が一やって来たら、俺に知らせろ。俺は宇野新兵衛という。小舟町一丁目の長屋に……」

新兵衛は名乗って、その場を立ち去った。

伊勢町堀に向かったとき、後ろから数人の男が駆けてきた。

立ち止まって振り返ると、さっきのごろつきだった。

「なんだ、仲間を連れて仕返しにきたのか」

「ああ、たっぷり礼させてもらうぜ」

「いいだろう。俺も退屈していたところだ。かかってこい」

「やっちまえ」

髭面の男が叫ぶと、若い男がこん棒を振りかざしてきた。新兵衛はあっさり身をかわし、相手の手首を摑んでこん棒を奪った。続けて匕首《あいくち》を振り回してきた男の腕をこん棒で叩く。悲鳴を上げて匕首を落とした。

小肥りの男が匕首を腰に構えて突進してきた。新兵衛は身を翻《ひるがえ》し、行きすぎた相手の肩をこん棒で打ちつけた。派手に倒れてのたうちまわった。

「まだ、やるか」

髭面のいかつい顔の男は茫然《ぼうぜん》としている。

「俺は宇野新兵衛だ。いつでも来い。相手をしてやる」

新兵衛はこん棒を男の前に放った。

周囲はいつの間にか野次馬が囲んでいた。その中に、白い髭の修験者か網代笠の行脚僧がいないか見まわしたが、いないようだ。

男たちがすごすごと引き上げたあと、新兵衛も歩きだした。

背後から太助が追い抜いて行った。新兵衛の刀の柄には白い布はかかっていない。

長屋に戻って夕方まで過ごし、それからいつもの呑み屋に行った。

半刻（一時間）後に店を出て、長屋に戻った。

すると、暗い土間に助三が待っていた。

「宇野さん。昼間、暴れていましたね」

「昼間？」

新兵衛は助三の顔を見た。

「あのごろつきのことか。そうか、おまえは見ていたのか」

「へえ」

「なぜ、あんなところにいたんだ？」

「たまたまです」

「たまたまか」

新兵衛は皮肉な笑みを浮かべ、

「それより、決まったのか」

と、確かめた。

「決まりました」

「いつだ？」

「明後日の夜です」

「明後日か。で、隠れ家はどこだ？　本所のほうという話だったが？」

「押上村です」

「よし。腕が鳴る」

新兵衛は余裕の笑みを浮かべ、

「で、相手は何者だ？」

と、きいた。

「へえ」

助三は曖昧に笑った。

「博徒ではないとすると、盗人《ぬすっと》か」

「…………」

「そうか、盗人の上前をはねるわけだな」

「盗人といってもただの盗人じゃありません」

「残虐非道な連中だと言ったな」

「はい」

「頭はなんという名だ?」

「へえ。それはまだ」

「まだ? いやに慎重だな。で、おまえもその連中の一味か」

「いえ、あっしは違います」

「じゃあ、どうして盗人の動きがわかるのだ?」

新兵衛は助三の顔を見て、

「なるほど。一味の者とおまえがつるんでいるのだな」

「まあ、そういうわけです」

「そいつが仲間を裏切ろうとしているのか」

「ええ」

「じゃあ、隠れ家にその裏切り者が手引きをするのか」

「そうです」

「裏切り者は何人だ？」

「ふたりです。あっしらは宇野さまを入れて三人。宇野さまには腕の強い三人の侍を相手にしてもらえれば。その間に、あっしらが頭を殺《や》ります」

「なぜ、襲撃が明後日なのだ？」

「へえ。それは……」

「そうか、盗人がどこかに押し入って盗んだ金を奪おうというのだな」

「まあ」

「いくらだ？」

「二千両かと」

「二千両だと？　それを横取りしようと言うのか」

「はい」

「ちょっと待て。それで俺には十両だと?」

「…………」

「おかしいではないか。おまえたち四人で二千両。俺だけ、十両だと?」

「あっしらはだいぶ前から計画を立て、そのために動いてきたんです。旦那はただあっしらの用心棒として襲撃のときだけ……」

「冗談ではない。そんなことで納得いくわけない」

「…………」

「俺も仲間だ。五人で二千両。ひとり頭四百両だ。いやなら、俺は降りる」

新兵衛は条件を突き付けた。

「あっしの一存では……」

「では、きいて来い。返事は明日の昼までにここに」

新兵衛は強気になった。

「わかりました」

渋い顔で立ち上がり、助三は土間を出て行った。

明後日の夜か。あとは奉行所の捕り方に任せるしかなかった。

五

陸奥国白根《むつのくにしらね》藩の領内はすでに晩秋の気配が色濃かった。山の上のほうでは紅葉がはじまり、里の銀杏《いちょう》や楓《かえで》も色づきはじめていた。

藩主水沼高政《みずぬまたかまさ》が病床に臥《ふ》してから三月《みつき》になる。筆頭家老八重垣頼茂《やえがきよりしげ》は毎日のように、高政の病床に顔を出している。

頼茂が耳元で呼びかけると、高政の瞼《まぶた》が微《かす》かに動く。声は聞こえているのだと、頼茂は信じている。

幼少のころから兄弟のように接してきた。若いころはいっしょになって羽目を外してきた。

頼茂は高政の顔を見ながら、江戸家老市原郡太夫《いちはらぐんだゆう》が支藩の梅津《うめづ》藩の領主水沼義孝《よしたか》をそそのかして、清太郎《せいたろう》を偽者だとして頼茂を老中《ろうじゅう》に訴えたことに思いを馳せた。

老中飯岡飛騨守《いいおかひだのかみ》の差し金であることは間違いない。飛騨守は市原郡太夫を手駒のように動かしているのだ。

証拠の短刀と御墨付きがあるのに、どうして飛騨守は偽者と断じたのか。

片岡十兵衛《かたおかじゆうべえ》の調べでは、最近になって清太郎の母であるお里《さと》の山森《やまもり》村の実家に何者かが訪ねてきて、当時のことをいろいろ聞き回っていたという。

いずれ、幕府の評定所において清太郎が本物か偽者か、改めて判断されることになる。それによっては頼茂は御家乗っ取りを目論《もくろ》んだ佞姦《ねいかん》の輩《やから》として断罪されることになる。

まさか、飛騨守がここまでするとは想像もしていなかった。もはや、受けて立つしかなかった。

「殿、また参ります」

頼茂は高政の寝所をあとにした。

御用部屋に戻ってしばらくして、次席家老の榊原伊兵衛《さかきばらいへえ》が血相を変えてやってきた。痩《や》せぎすの体を震わせるようにして、

「江戸家老の市原どのと義孝さまが、ご家老を老中に訴えたそうではありませんか」

「そのようです」

頼茂は渋い顔で答えた。

「赤の他人の清太郎ぎみをご落胤《らくいん》と騙り、水沼家の乗っ取りを図っているというのが訴えの内容です。この訴え、どうなのですか」

伊兵衛は詰め寄るようにきいた。

「証拠の短刀と御墨付きがある。なにゆえ、そんな言いがかりをつけるのか、理解に苦しむ」

頼茂は言う。

「もちろん、そんな訴えは跳ね返せるのですよね」

伊兵衛は縋るようにきく。

「もちろんです。短刀と御墨付きは本物に間違いないと、皆も認めた」

「そうですが……」

「ただ、気になるのは老中の飛驒守さまです。市原どのと義孝さまはこちらに話を通さず、いきなり老中に訴え出た。いかにも不自然。このことからも飛驒守さまが裏で糸を引いていると考えざるを得ません」

「しかし、真実はひとつ」

「いや、飛驒守さまの力をもってすれば、評定所で白を黒と覆《くつがえ》すことも可能になってしまうかもしれない」

評定所は国に絡《から》む大事件、寺社・町・勘定の各奉行の管轄が互いに関わり合っている事件、さらに大名、旗本の訴えなどを扱う。評定には寺社・町・勘定の各奉行が参加するが、大名の御家騒動などは老中が裁きをするのだ。

当事者である飛騨守が公平な裁きをするはずない。

「飛驒守さまはなんとしてでも将軍家の家正《いえまさ》さまを水沼家に送り込みたいのだ。飛驒守さまの思い通りにしてはならぬ」

頼茂は呻《うめ》くように言う。

「ご家老。勝てましょうか」

「勝たねばならぬ」

頼茂は悲壮な覚悟で言った。

その夜、頼茂は清太郎を呼んだ。

「すでにお耳に入っておられると思いますが、江戸家老市原郡太夫と支藩の梅津水沼義孝さまが私を御家乗っ取りの疑いで老中に訴えました」

「…………」

清太郎は緊張した顔で聞いている。

「問題は清太郎ぎみが高政公の実の子であるかどうかです。証拠の短刀と御墨付きがあるのに、どういう根拠で異議を唱えてきたかわかりません」

　頼茂は清太郎に状況を説明した。

「私は願山寺《がんざんじ》で江戸家老立ち会いのもとに調べられて本物だと確かめられました。それなのに、なぜ江戸家老はそんな真似をなさるのでしょうか」

「背後で老中飯岡飛驒守さまが入れ知恵をしているのです。飛驒守はなんとしてでも将軍の八男家正どのに水沼家を継がせたいのです」

「そんな無理が通るのですか」

　清太郎は憤慨した。

「いや、必ずや飛驒守さまの野望は阻止いたします」

「出来ますか」

「やらねばなりません。水沼家を守るためにも」

　頼茂は強い口調になった。

「清太郎ぎみも評定所に呼ばれましょう」

「評定所はどこにあるのですか」

「江戸城の和田倉《わだくら》御門外の辰《たつ》の口《くち》にあります。おそらく、母御も呼ばれましょう」

「母上まで」

清太郎は表情を曇らせた。

「心配はいりません。我らは堂々としていればいいのです。いずれ、江戸に向かうことになりましょう」

頼茂はいたわるように言う。

「わかりました」

清太郎は頭を下げた。


清太郎は自分の部屋に戻った。

評定所に呼ばれるという。自分はまさに御家騒動の真っ直中に置かれているのだ。

本心でいえば、こんな騒動に巻き込まれるなら、すぐにでもここから逃げだしたい。そして、武士ではない生き方がしたい。

自分が望んだことではなかった。お絹《きぬ》とともにささやかな仕合わせを求めて生きていく。いまでもそう思っている。

だが、それをすれば、頼茂をはじめとして水沼家の家臣たちの思いを踏みにじることになる。なにより、父への裏切りだ。また、母の期待も裏切ることになる。

だが、自分がわからなくなった。今や、自分は自分であって自分ではないのだ。

清太郎は十兵衛に会いたくなった。

こっそり部屋を出て、ご城下春日町《かすがちょう》にある一刀流の片岡十右衛門《じゅうえもん》道場まで行くつもりで、清太郎は勝手口にまわった。

外に出ようとしたとき、

「清太郎さま、どこへ」

と声がし、清太郎は立ちすくんだ。

ゆっくり振り返る。

「勝一郎《かついちろう》か」

頼茂の嫡男である勝一郎だったのでほっとした。

「ちょっと十兵衛のところに」

「ひとりで出かけてはいけません」

「春日町までだ。用心して行く」

「いえ、何があるかわかりません。父に叱られますから」

「十兵衛に会いたいのだ」

清太郎は訴える。

「十兵衛さまが外出していたら無駄骨です。明日ではいけませんか」

清太郎は言ったあとで、大きく溜め息をつき、

「いや、今会いたい」

「明日にしよう」

と、言った。

清太郎は部屋に戻った。勝一郎もついてきた。

「どうかなさいましたか」

勝一郎が清太郎の顔を見てきいた。

「なぜだ?」

「なんだか気が昂《たかぶ》っているような様子なので」

「…………」

清太郎は押し黙った。

「わかりました。誰かを使いにやり、十兵衛さまに来ていただきます」

勝一郎が清太郎の気持ちを慮《おもんぱか》って言う。

「いや、いい。こんなことでひとを煩《わずら》わせては申し訳ない。もうだいじょうぶだ」

「そうですか」

「もう行っていい」

「いえ、まだいます」

勝一郎は強情に言う。

「そなたは武士の子として生まれて仕合わせか」

「武士以外の自分を考えたことはありませんから。清太郎さまは武士が嫌いですか」

「わからない。ただ」

「ただなんですか」

「まず御家のことを考えなくてはならない。そこが引っ掛かる」

「町人だってそれは同じなのではありませんか。商家ならお店のために……」

「うむ」

「私の場合は八重垣家のことを第一に考えますが、清太郎さまは水沼家二十万石ですから責任の大きさは比べ物になりませんが」

「いや、そなたの父親は八重垣家よりまず水沼家だ。そなたも家督《かとく》を継げばそうなる」

「確かに水沼家あっての八重垣家ですから」

勝一郎は不思議そうな顔をして、

「やっぱり、いつもの清太郎さまと違います」

と、呟くように言った。

「いつもと変わりない」

清太郎は溜め息混じりに言う。

「ひょっとして江戸が恋しくなったのではありませんか」

「そうかもしれない」

清太郎は素直に答えた。

「恋仲の女子《おなご》がいたそうですね」

「十兵衛から聞いたのか」

「はい」

「一年後の桔梗《ききょう》の咲くころに迎えに行くと約束した」

清太郎はお絹の顔を脳裏に浮かべた。

「一年後ですか」

「きっと待っていてくれる」

清太郎は自分に言い聞かせた。だが、そのことを考えると気持ちが疼《うず》く。感情の赴くままに迎えに行くと口走ったが、お絹の父親は清太郎とのことを許すだろうか。父親の重吉《じゅうきち》もまた店が大事なはずだ。お絹に婿《むこ》をとり、『香木堂《こうぼくどう》』を継がせる。そう考えるのが当然だろう。

それにお絹をどういう形で迎えられるか。水沼家を継いだとしたら、お絹を正室とするわけにはいかないだろう。側室でしかない。お絹をそのような境遇に置いてもいいのか。

いっそ評定所において自分は偽者だと決めつけられて、水沼家を追い出されたほうがいいかもしれない。

いや、もし偽者だとされたら、御家乗っ取りを図ったとして何らかの裁きを受けることになるかもしれない。御家乗っ取りは重罪だ。死罪は免れない……。

「酷《ひど》い運命だ」

清太郎は思わず呟いた。

勝一郎が痛ましげな目で清太郎の顔を見ていた。


翌日、十兵衛がやってきた。

「私に御用だとか」

十兵衛がきいた。

「いや」

清太郎は首を横に振り、

「ちょっと十兵衛の顔が見たかっただけだ」

と、曖昧に笑った。

「そうですか。いつでも十兵衛はおそばに駆けつけます。ご安心を」

「うむ」

清太郎は真顔になり、

「母上はどうしているか知っているか」

と、きいた。

「元気にしていると聞いています」

「どこにいるのだ？」

「ご家老が懇意にしているお方のお屋敷で過ごされております。心配はいりません」

十兵衛は答えてから、

「無理もありません。江戸を離れてひと月あまり経ちました。江戸のことが気になりましょう」

と、同情するように言う。

「評定所で私の取り調べがあるそうだ。聞いているな」

「はい」

「飛騨守がどんな策を弄《ろう》してくるか。万が一の場合は頼茂は佞臣《ねいしん》とされ、私も処罰を免れまい」

「そのようなことはありえません」

「しかし、評定所で裁定をするまとめ役が老中飯岡飛騨守。おのずとどのような結果になるか決まっているのではないか」

「評定所には寺社奉行、町奉行、勘定奉行、さらに大目付も列座すると聞いております。いくら老中とはいえ、勝手なことは出来ますまい。油断は出来ませんが、利はこちらにあることははっきりしているのです」

十兵衛は清太郎を勇気づけるように言った。

「そうだな。頼茂を信じよう」

清太郎は自らに言い聞かせた。

第六章　果たし合い

一

新兵衛は目釘《めくぎ》を外し、刀を鞘《さや》から抜いた。

次に柄《つか》から刀身を抜き、茎《なかご》を握って拭い紙で刃を拭き、打粉を打つ。身の引き締まる思いで、刀身にまんべんなく粉をつけ、それから拭い紙で打粉を払う。

さらに油を引き、刀身を立てて鍔《つば》をつけ、最後に茎を柄に納めて目釘を差し入れた。柄を握り、刀を振って握りを確かめた。

声がし、腰高障子が開いて助三が入ってきた。

新兵衛は刀を鞘に納めた。

「どうだ?」

新兵衛はきいた。

助三は上がり框《かまち》に腰をおろし、

「承知しました。宇野さまの取り分は四百両で」

「よし」

新兵衛はにやりとし、

「これで、俺もおまえたちの仲間だ」

「明日の夜、頼みましたぜ」

「任せておけ。で、隠れ家は押上村だったか？」

「そうです。夜の五つ（午後八時）に法恩寺《ほうおんじ》の山門を入ったところで待ち合わせましょう」

「法恩寺の山門だな。いいだろう」

新兵衛は言ってから、

「で、俺たちが襲う相手は誰なんだ？」

と、きいた。

「空っ風の甚助という盗賊一味です」

「空っ風の甚助？　聞かぬ名だな」

新兵衛はとぼけた。

「上州を荒らし回っていた盗賊です」

「その盗賊が江戸で押込みをやるのか」

「へえ」

「どこで？」

「さあ、あっしは聞いていません。知る必要はありませんから」

助三は涼しげな顔で言い、

「あっしらはあくまでも隠れ家を襲って金を奪うだけ」

「明日、隠れ家に踏み込んだらほんとうに金があるんだろうな」

「間違いありません」

「ひとつ教えてくれ」

新兵衛は助三の顔を見る。

「なんですね」

「一味にいるおまえの仲間は、どうして空っ風の甚助を裏切ることになったのだ？」

「後継ぎですよ」

「後継ぎ？」

「空っ風の甚助はこの仕事を最後に引退を考えているんです。その後継ぎをふたりの弟分が争っていたんですが」

「後継争いに敗れたほうが反旗を翻《ひるがえ》したってわけか」

「まあ、そうです」

「おまえとの関係は？」

「高崎の賭場《とば》で知り合って計画を打ち明けられたんです」

「そうか」

新兵衛は頷《うなず》いて、

「もうひとつ。だいぶ前から企《たくら》んでいたにしては、俺を雇ったのは間際になってからだ。どうしてだ？　急に腕の立つ侍が必要になったのか」

「そこなんです」

助三は顔をしかめた。

「最初は仲間に侍がいたんですよ。ところが急に死んでしまいましてね」

「なに、死んだ？」

「殺されたんです」

助三は口元を歪《ゆが》めた。

「誰に？」

「最近、浪人が菰《こも》に巻かれて川に棄《す》てられていたって事件を知りませんか」

「知っている。浪人が犠牲になっているんだ。ひとごとではないからな。まさか……」

「ええ、神田川の新シ橋の近くで菰に巻かれて棄てられていました。死んで半月経《た》っているってことでした」

最後に見つかった五人目の浪人かもしれない。

「その浪人になにがあったのか知らないのか」

「わかりません。ただ、住まいの周辺できいたら、白い髭《ひげ》の修験者《しゅげんじゃ》と歩いているのを見たというひとがいました」

「白い髭の修験者か」

「半月以上姿が見えなくなっていたんで、急遽《きゅうきょ》、『大黒屋』に用心棒の名目で腕の立つ浪人を探しに」

「それで俺が見つかったというわけか」

「そうです。では、宇野さま。明日の夜五つ、法恩寺山門で」

「わかった」

助三が引き上げて行った。

しばらく間をとってから、新兵衛は立ち上がった。

その夜四つ（午後十時）、木戸番屋の夜回りの拍子木の音が夜陰に響いていた。

剣一郎は本町三丁目の鼻緒問屋『越後屋』の隣の商家の庭にいた。路地をはさんで斜め向かいが『越後屋』の裏口だ。

昼間、太助が新兵衛から押込みが今夜だと聞いてきた。それから京之進に捕り方を手配させた。

拍子木の音が遠ざかってかなり経った。

塀の外で猫の鳴き声がした。太助だ。『越後屋』の近くの暗がりに潜《ひそ》んで路地を見張っていた。今の甲高い鳴き声は、近くに盗人《ぬすっと》一味を見つけたという合図だ。

「来るぞ」

剣一郎は京之進に言う。

捕り方は周辺に待機していた。

やがて、塀の外にいくつもの足音がした。剣一郎と京之進は戸の隙間から様子を窺《うかが》った。『越後屋』の裏口の前に黒装束の賊《ぞく》が集まっていた。

『越後屋』の裏口が開いた。下男としてもぐり込んでいた手下が開けたのだ。

賊が裏口から庭に入った。その刹那《せつな》、一斉に御用提灯《ちょうちん》があたりを照らした。

夕方から『越後屋』に潜んでいた当番方の同心と小者たちが動いたのだ。

剣一郎と京之進も路地に飛び出した。

裏口から引き返してきた賊を京之進が十手《じって》でとり押さえた。あっという間に三人が捕縛された。

剣一郎は『越後屋』の裏口をくぐった。手下たちは捕り方に縄を打たれたが、頰被《ほおかぶ》りをした小肥りの男に痩身《そうしん》の男、そして背の高い覆面をした三人の侍はまだ抵抗していた。

「空っ風の甚助。もはや観念するのだ」

京之進が恰幅のいい男に声をかけた。

甚助は目を剝《む》き、

「どうしてわかったんだ？」

と、叫ぶようにきいた。

「お天道様はすべてお見通しだ」

剣一郎は前に出た。

「きさま。青痣与力《あおあざ》」

「おのれ」

背の高い覆面の侍が上段から斬り込んできた。剣一郎は剣を抜いて相手の剣を払った。が、すぐ八相《はっそう》に構えて攻めてきた。剣一郎は横に払うように襲ってきた剣を飛び退《の》いて避け、相手の体勢が崩れたところをすぐさま踏み込んで剣先を侍の二の腕に向けた。相手は剣を落として後退《あとずさ》った。そこに捕り方が飛び掛かった。

剣一郎は小肥りの侍の相手になった。もうひとりの侍は京之進が追い詰《つ》めていた。

「もう諦《あきら》めろ」

剣一郎は小肥りの侍に剣を向けた。

相手は剣を肩に担《かつ》ぐように構えた。

「示現流《じげん》か」

剣一郎が口にすると同時に、相手は鋭い気合いを発して斬り込んできた。剣一郎も十分に引きつけてから踏み込み、すれ違いざまに刀の峰《みね》で相手の胴を打った。小肥りの侍はつんのめって地べたに突っ伏した。

捕り方がたちまち縄をかけた。

京之進が相手にしていた侍もすでに捕縛されていた。

残るは空っ風の甚助と瘦身の男のみだ。あとは、下男としてもぐり込んでいた手下も含め、皆縄をかけられていた。

「空っ風の甚助。これまでだ」

剣一郎は鋭く言う。

「教えてくれ。なぜ、わかったのだ？」

甚助は訴えるようにきく。

「なぜ、知りたいのだ？」

「俺はこの仕事を限りに引退するつもりだった。最後の仕事でこんなことになるのは納得いかねえ」

「おまえが後を継ぐことになっていたのか」

剣一郎は瘦身の男に顔を向けた。

「そうだ」

瘦身の男は悔しそうに言う。

「後継争いはなかったか」

剣一郎はきいた。

「後継争いだと？　まさか、あいつが裏切ったと……」

甚助は呻《うめ》くように言った。

「甚助。それもこれもそなたたちのこれまでの極悪非道な振る舞いが招いたことだ。さっきも言ったが、お天道様はすべてお見通しだったのだ」

「………」

甚助はその場にくずおれた。

「全員捕まえたか」

剣一郎は京之進にきいた。

「捕まえました。全員で十三名です」

「よし。連れて行け」

京之進は空っ風の甚助一味を三つの大番屋に分けて連行した。

太助が近寄ってきた。

「ごくろうだった」

太助に労《ねぎら》いの声をかけたとき、『越後屋』の主人が庭に出てきた。

「青柳さま、ありがとうございました。おかげで助かりました」

主人は頭を下げた。

「それにしても、まさかあの下男が盗賊の仲間だったなんて。仕事もよくやるし、真面目ですっかり信用していました。青柳さまから言われたのでなければ、とうてい信じなかったと思います」

今日の昼間、太助が主人を店の外に誘い出し、剣一郎が押込みの件を話したのだ。

「無事に片づいてよかった。念のために、奉行所の者が庭を調べているが、もう大事ないはずだ」

「はい。これで安心して休むことが出来ます」

当番方の若い同心がやってきた。

「取り逃がした者はいません」

「よし、ごくろう」

空っ風の甚助一味を全員捕縛したのを確かめて、剣一郎と太助は『越後屋』をあとにした。

一日経った。夜五つ（午後八時）に新兵衛は、本所の法恩寺の山門をくぐったところで助三を待った。

空っ風の甚助一味が捕縛されたことは太助から聞いた。ひとりも死人を出さずに済んでほっとした。

ふと境内《けいだい》の奥からひとの気配がした。助三だ。

「どうした？」

助三の表情が暗い。

「宇野さま。当てが外れました」

「外れた？」

「はい。空っ風の甚助一味が全員お縄になっちまいました」

「どういうことだ？」

新兵衛はとぼけてきく。

「押込み先に町方が待ち伏せしていたんです」

「なぜだ。なぜ町方が待ち伏せ出来たのだ？」

「わかりません」

「押込み先はどこだったのだ？」

「本町三丁目にある鼻緒問屋の『越後屋』です。昼間、『越後屋』の前に行ったら、押込みが一網打尽になったと聞きました」

「おまえと通じていた仲間も捕まったのか」

「そうです。ふたりとも」

助三は沈んだ声で言う。

「じゃあ、隠れ家を襲うのも中止ってことか」

新兵衛はわざと怒ったように言い、

「冗談ではない。四百両が手に入る予定だったではないか」

「あっしだって悔しい」

助三はやりきれないように唇を噛《か》んだ。

「しかし、隠れ家には留守番の者がいるだろう。空っ風の甚助の情婦がいるんじゃないのか」

「ええ」

「今まで盗んだ金が隠してあるはずだ」

「たいした額じゃないようです」

「それでも百両近くはあるんじゃないか。どうだ、予定通り実行しようではないか」

新兵衛は隠れ家を知りたかったのだ。

「無理です。金がどこに隠してあるかわかりません。それに手引きしてくれる仲間がいないんですから忍び込めません」

「強引に押し入ればいい。金の隠し場所は情婦を脅《おど》せば白状するはずだ。早くしないと、捕まった連中の誰かが隠れ家の場所を白状してしまう。町方が気づく前に隠れ家を」

「でも、あっしの仲間には取りやめと言ってしまいました」

「俺とおまえだけで十分だ」

「そうですね。いくらかでも手に入れれば」

助三はその気になった。

「案内しろ」

「わかりました」

新兵衛は助三の案内で、月明かりの夜道を押上村に向かった。

畑の中の道を行き、遠くに提灯の明かりが灯っている建物が暗がりに見えてきた。

「あそこか」

「いえ。あれは鬼仙坊という修験者の祈禱所です。空っ風の甚助の隠れ家はこっちです」

助三は途中、右の道に入った。

「あそこです」

茅葺《かやぶ》き屋根の平屋が暗がりに見えてきた。

「明かりがないな」

新兵衛は悪い予感がした。

廃屋となった百姓家のようだ。助三が戸に手をかけた。戸ががたぴしして開いた。

中は真っ暗だった。

助三が板敷きの間に上がり、行灯《あんどん》を見つけて灯をつけた。広間や奥の部屋まで探したが誰もいなかった。

おそらく、甚助や一味の者が帰ってこないことから、何かあったと思って情婦は逃げ出したのだろう。

助三も茫然としていた。

二

本丸御殿から家老屋敷に戻り、八重垣頼茂は江戸に発つ支度《したく》をした。頼茂のところに差紙《さしがみ》が届いたのだ。評定所への召喚状《しょうかんじょう》である。期日は八月二十一日。もちろん、梅津水沼家の義孝と清太郎にも届いた。江戸家老市原郡太夫にも届いているはずだ。

頼茂は瞑想《めいそう》していた。飛騨守はなぜこうまでして将軍家の八男家正に水沼家を継がせたいのか。

家正の噂《うわさ》は芳《かんば》しいものではない。わがままに育ち、冷酷で利己的であると聞いている。

家正は寒い北国を望んでいないらしい。だから、水沼家に入ったら気候温暖で豊かな土地である伊勢国《いせのくに》のどこかと領地替えをするつもりのようだ。

家正が藩主になれば水沼家は乗っ取られたことと同じになる。飛騨守と手を組んだ市原郡太夫は我が身の利益だけを考えて、水沼家を売ろうとしているとしか考えられない。

夜五つ（午後八時）になった。

「片岡十兵衛さまがお出でになりました」

襖《ふすま》の外で若党の声がした。

「通せ」

「はっ」

しばらくして、十兵衛が部屋に入ってきた。

「わしは明日にも出立するつもりだ」

「はい。我らはいつでも」

十兵衛は言ったあとで、

「江戸までの道中で、襲われる可能性はありましょう。襲ってくるとしたら、奇襲だと思われます」

「うむ。十分な警護で臨む。そなたのほうこそ、頼んだぞ」

「お任せください。清太郎ぎみに指一本も触れさせません」

「それから、清太郎ぎみの母親のことだ」

頼茂は続ける。

「居場所を悟《さと》られてはいまいな」

「だいじょうぶです」

「うむ」

頼茂は頷いてから、

「清太郎ぎみが母親に会いたがっても会わせてはならぬ」

「わかりました」

十兵衛はふいに真顔になり、

「飛驒守は三奉行や大目付を懐柔《かいじゅう》し、評定所において白を黒と強引に決めつけてしまわないでしょうか」

と、不安を口にした。

「いくら飛驒守さまとはいえ、そのような不正は出来まい。しかし、そのことは十分に考えておかねばならぬ」

頼茂は虚空《こくう》を睨《にら》みつけた。

「では、ふたりを呼ぶ」

「わかりました」

十兵衛は頷く。

清太郎と勝一郎がやって来た。

「清太郎ぎみに勝一郎。いよいよ明日出立する」

「はい」

ふたりは同時に返事をする。

「清太郎ぎみ、道中、不自由でしょうが辛抱《しんぼう》を」

頼茂は清太郎に言う。

「なんでもありません」

清太郎は裁《た》っ着《つ》け袴《ばかま》で郎党の姿をしていた。

「清太郎ぎみ、あとは十兵衛の指示に」

「はい」

「では、参りましょうか」

十兵衛が清太郎に声をかける。

「はい」

「城門まで送っていこう」

頼茂も立ち上がった。勝一郎もついてくる。

頼茂らは南門を出る。清太郎は警護の侍から顔を隠すようにして三《さん》の丸《まる》の橋を渡った。

「ではここで」

頼茂は途中で立ち止まった。

「勝一郎どの。お頼みします」

清太郎は勝一郎に声をかける。

「お任せください」

勝一郎は応じる。

清太郎は十兵衛といっしょに暗い夜道を片岡道場に向かった。

「勝一郎。明日から、頼んだ」

「はい」

勝一郎は自信に満ちた返事をした。

翌日、頼茂は清太郎に扮《ふん》した勝一郎を伴い、徒士小頭《かちこがしら》の藤野竜之進《ふじのたつのしん》が率いる警護の侍たちに伴われ、江戸に出立した。


ふつか後の朝、出仕した剣一郎は宇野清左衛門に呼ばれた。

「宇野さま。お呼びで」

剣一郎が呼びかける。

書類を閉じて、清左衛門は顔を向けた。

「長谷川《はせがわ》どのがわしと青柳どのに話があるそうだ」

「宇野さまと私に？」

なんだろうと思いながら、剣一郎は清左衛門とともに内与力の用部屋に向かった。

用部屋の隣の小部屋で、長谷川四郎兵衛《しろべえ》と向かい合った。

「長谷川どの、何か」

清左衛門が話を促《うなが》す。

「以前、青柳どのに頼まれて、白根藩水沼家の留守居役本宮《もとみや》弥五郎《やごろう》どのを引き合わせたことがあったが」

四郎兵衛が口を開いた。

「はい、その節は」

剣一郎は頭を下げた。

「どのような用件であったのか」

「ある縁で清太郎という若者と知り合いました。この清太郎が橋場《はしば》の願山寺に寄宿していたとき、浪人たちが襲撃したのです。そこに駆けつけた武士たちが持っていた提灯の紋《もん》が桔梗《ききょう》。白根藩水沼家の紋とわかりました。私は浪人たちがなぜ清太郎を襲ったのか気になり、本宮弥五郎どのから話を聞いたのです」

その経緯を話し、

「そして、清太郎が藩主高政公の落とし胤《だね》であり、水沼家では後継者をめぐる御家騒動があるらしいことがわかりました」

「なるほど。そうであったか」

「長谷川どの。なぜ、そんなことをお訊ねになる？」

清左衛門がきいた。

「じつは水沼家の御家騒動が評定所において取り調べられることになったのだ」

「どうしてですか」

剣一郎は驚いてきいた。

「その清太郎は藩主の子ではない。偽者を担いで筆頭家老八重垣頼茂が御家乗っ取りを企んでいると、江戸家老市原郡太夫と支藩の梅津水沼家の藩主が老中に訴え出たということだ」

「清太郎が偽者……」

剣一郎は戸惑《とまど》いを覚えた。

「お奉行からその話を聞いたとき、青柳どのの話を思いだしたのだ」

評定所の裁定には町奉行も列座する。

「それぞれの言い分は届いているのですか」

取り調べを受ける者は、前もって言い分を書状にして差し出すのだ。

「まだ、届いていないが、問題はご落胤《らくいん》と称した男が本物か否かだ。ただ、男が持っていた短刀と御墨付きは藩主高政公が出したものに間違いないそうだ」

「それなのに偽者だと訴える根拠はなんでしょうか」

剣一郎は不思議に思った。

「訴人の言い分をお奉行に聞いておく」

「長谷川さま」

剣一郎は思いついて口にした。

「何者かが清太郎を亡きものにしようとしたのは事実です。浪人たちを雇ったのは手拭いで頬被りをした遊び人ふうの男だそうですが、浪人たちは願山寺襲撃に失敗し、とり押さえられました。その後、水沼家の上屋敷で取り調べを受けたにも拘《かか》わらず、逃げることが出来たのです。上屋敷の者が逃がしたのでしょう」

「背後に上屋敷の誰かがいるというのだな」

「はい。本物だと思うから命を狙ったのでしょう。この事実は、評定所の裁定にも影響を及ぼすかもしれません」

剣一郎は膝を進め、

「場合によってはこの青柳剣一郎がこの件を証言しても……。いや、ぜひ参考人として証言させていただきたいと申していたと、お奉行にお伝えください」

「ばかな。そなたが評定所で証言するなど考えられぬ。それに、だからといって、偽者ではないという証拠にはならぬではないか」

「いえ。本物か偽者かは別として、命を狙った者がいるという事実を示すことは真実を探る上でも大切かと思います」

「うむ」

「どうか」

剣一郎は熱心に訴える。

もし、偽者ということにされたら、清太郎はただではすむまい。筆頭家老八重垣頼茂と同罪で、死罪となりかねない。

「長谷川どの」

清左衛門が加勢する。

「わかった。お奉行に青柳どのの思いを伝えておこう」

四郎兵衛は言ったあとで、

「ところで、まだ浪人殺しは手掛かりさえも摑《つか》めぬのか」

と、きいた。

「申し訳ありません」

「ずいぶん手間取っているではないか」

「長谷川どの。そのついでといってはなんだが、先日は空っ風の甚助という押込み一味を捕縛出来たのだ。さらに、祈禱《きとう》と称して町の衆を騙《かた》って金を儲《もう》けている羽黒山修験者虎の行者と戸隠山修験者の鬼仙坊のふたりについても、証拠が固まり次第捕縛することになっている」

清左衛門はさらに続けた。

「特に空っ風の甚助一味の件に関しては、郡代屋敷からも礼を言われたのではなかったか。そのことでお奉行も面目《めんもく》が立ったと……」

「わかっておる」

四郎兵衛は気まずそうに言い、すっくと立ち上がった。

「まこと厄介《やっかい》な御仁だ」

「宇野さま。申し訳ありません」

「それにしても、水沼家の御家騒動に青柳どのが絡《から》んでいるとはな」

そう言いながら、清左衛門は立ち上がった。


剣一郎は奉行所を出て、橋場の願山寺に行った。

山門を入ると、寺男が掃除をしていた。

剣一郎に気づくと、少し頭を下げた。

「先日の根付はちゃんと持ち主に返った」

「そうですか」

寺男は頷き、

「住職なら庫裏《くり》にいるはずです」

と、先回りをして言った。

「わかった」

剣一郎は庫裏に向かった。

窓から見ていたらしく、近づいて行くと、住職が出てきた。

「青柳さま」

住職は皺《しわ》の多い顔を向けた。

「何か」

住職はきいた。

住職がわざわざ出てきたことに違和感を持ったが、

「清太郎どのの母親について訊ねたい」

と、剣一郎はきいた。

「私は何も知りません」

「母親がどこに行ったか知らないということであったが、ここを去るとき、母親はご住職に挨拶《あいさつ》をしたのではないか」

「ええ」

「そのとき、ご住職はこれからどこに行くのかときいたかと思うのだが」

「………」

「いかがか」

「ききました。しかし、答えてくれませんでした」

「何か行き先の手掛かりになるようなことは言っていなかったのか」

「何も」

「その後、ご住職に挨拶に来たことは？」

「ありません」

「そうか。わかった」

剣一郎は踵《きびす》を返した。

帰り、また寺男のところに行った。

「最近、この寺で何か変わったことはなかったか」

剣一郎はきいた。

「なにもありません」

寺男は首を激しく横に振った。

剣一郎は振り向いた。すると、住職がこっちを見ていた。寺男は萎縮していた。

やはり、住職も寺男も何かを隠していると思った。

「邪魔をした」

剣一郎は寺の山門に向かった。

四半刻（三十分）余り後、剣一郎は浅草阿部川町《あさくさあべかわちょう》の『香木堂』にやって来た。

番頭に主人を呼んでもらった。

すぐに主人の重吉が出てきた。

「これは青柳さま」

「じつは清太郎の母親のことだ。母親が今、どこにいるか知らないか」

「いえ、知りません」

「母親の知り合いのことは？」

「いつも清太郎の話題だけでした。申し訳ありません。何も気づいたことは……」

「そうか」

剣一郎は頷いて、

「お絹は何か知らないか」

「知らないと思います」

「お絹はいるか」

「今、出かけております」

「そうか」

「青柳さま」

重吉は言いづらそうに、

「お絹はようやく清太郎のことを忘れてきたところなんです。どうか思いださせるようなことは……」

「忘れてきた？」

「はい」

「忘れてきたと、どうしてわかるのだ？」

「それは……」

重吉は言いよどんだ。

「ひょっとして、『近江屋《おうみや》』の覚次郎《かくじろう》と？」

「はい。仲良くしているようです」

「そなたの思い通りに進んでいるということか」

「まあ」

重吉は曖昧《あいまい》に笑った。

清太郎は来年の桔梗の花が咲くころに迎えにくると約束した。お絹はそれを信じていたようだが、一方で清太郎が武士の子であることに不安を持っていた。

その不安のほうが勝ったのか。

その夜、八丁堀の屋敷で、剣一郎は太助を待っていた。

濡《ぬ》れ縁《えん》に出て真ん丸の月を見た。明日が中秋の名月だ。月影さやかな明るい庭に、太助が現われた。

「待っていた」

剣一郎は声をかけた。

「遅くなりました」

「上がれ」

剣一郎は太助を部屋に招いた。

「まだ誰も作田さまに接触してこないそうです」

「そうか」

「空っ風の甚助の情婦の行方もまだ摑めないそうです」

「取り調べで、甚助は観念してこれまで押し入った先を洗いざらい自白しているが、情婦のことだけは口を閉ざしているそうだ」

「情婦を守っているのですね。あんな残虐な男でも、情婦を守ろうって気持ちはあるんですね」

「おそらく、常日頃から何かあったらためらわず隠れ家を捨てるように言い含めていたのだろう。『越後屋』の押込みで、甚助が隠れ家に帰ってこないことから異変を察し、金を持って行方を晦《くら》ましたのだ」

「もしや、すでに江戸を離れたのでは」

「いや。甚助は獄門になる。小塚原《こづかっぱら》に晒《さら》された獄門首を見てから江戸を離れるのではないか。気持ちの整理をつけるためにも甚助の死を確かめるのではないかと思うが」

「では、獄門首が晒されている間が、情婦を捕まえる好機ということに?」

「そうだ」

「でも、情婦の顔を知っている者がいません」

「捕まえた一味の中で下っ端の者を小塚原に連れ出して見つけるしかあるまい」

「そうですね」

「ところで、太助。頼みがある」

剣一郎は厳しい顔になった。

「はい」

「願山寺の住職や寺男の様子がおかしい。何か隠しているような気がする。何かあるはずだ。それを探ってもらいたい」

「わかりました」

水沼家の後継者である清太郎は、江戸に出てきたら水沼家の上屋敷か下屋敷に入るだろう。一度襲われたことがある願山寺にもう一度寄宿することはあり得ないと思うが、住職の様子は気になる。

「青柳さま。何かご心配なことでも」

「うむ、評定所でどんな裁定がくだされるのか」

清太郎の顔を思いだして、剣一郎は胸が重苦しくなった。

三

清太郎はその夜、越谷宿《こしがやしゆく》に泊まった。八重垣頼茂の一行はひとつ先の草加《そうか》宿《しゆく》まで行っているはずだ。

宿で十兵衛たちと夕餉《ゆうげ》をとった。

「いよいよ明日は江戸です」

十兵衛は口にする。

「我らは願山寺にまた寄宿いたします」

「勝一郎に何事もなければよいが」

清太郎は自分の身代わりになっている勝一郎を思いやった。

上屋敷には江戸家老市原郡太夫の息のかかった者も多い。その者たちが手を下さずとも、外からの刺客《しかく》を屋敷に手引きすることは可能だ。

「警護の方々も手練《てだれ》の者たち。心配には及びません」

「そうだな」

清太郎は不安を振り払い、食事を続けた。

「十兵衛の妻女どのはどのような女子《おなご》なのか」

夕餉のあと、清太郎はきいた。

少し間があってから、

「おりませぬ」

と、十兵衛は答えた。

「いない？」

「亡くなりました」

「いつだ？」

「祝言の前に。祝言を挙げられませんでしたが、妻だと思っています」

「悪いことをきいた」

「いえ。でも、ここに生きておりますから」

十兵衛は胸に手を当てた。

「じゃあ、いつもいっしょにいるのか」

清太郎はしんみり言った。

十兵衛が立ち上がり、窓を開けた。

「ご覧ください、いい月が出ております」

清太郎も窓辺に寄った。

今夜は中秋の名月だ。明るい月が出ていた。去年はお絹が月見団子を作ってくれた。今年も、月見団子や里芋《さといも》に芒《すすき》をお供えして、皆で月見をしていることだろう。

お絹さん、と清太郎は思わず呟《つぶや》いた。

「十兵衛」

清太郎は呼びかけた。

「なんでしょう」

「江戸に着いたら、ひと目、お絹さんに会いたい」

「いけません」

十兵衛は即座に答えた。

「ひと目だけでいい」

十兵衛は窓を閉め、部屋の真ん中に戻った。清太郎も十兵衛の前に座る。

「万が一を考えねばなりません。そのことで勝一郎どのとの入れ替えを気づかれたら、また刺客が襲ってくるかもしれません」

十兵衛が切りだす。

「ひと目会うだけだ。いつかのように十兵衛が付き添ってくれたら……」

「大事の前です。ご自重ください」

十兵衛は厳しく言った。

清太郎は溜め息をつき、

「その代わり、母上には会わせてくれるのだろうな」

と、きいた。

「もちろん、お会い出来ます」

「母上はどこにいるのだ？」

「安全な場所に」

「どこだ？」

「昔、ご家老の屋敷に奉公していた者の家の離れにおります」

「十兵衛」

清太郎は真顔になって、

「なぜ、飛驒守は私を評定所に呼び出したのだ？」

「さあ」

「飛驒守にとって私が本物か偽者か、どっちでもいいのだ。強引に偽者に持っていこうとしているのだ」

「そんなことは出来ません」

「何か飛驒守には勝算があるのではないか。老中の飛驒守は江戸家老市原郡太夫と通じているのだ。どんな卑怯な手を使うかわからない。偽の証人や証拠をでっち上げ、強引に私を偽者に」

「…………」

「もし、偽者という裁定になれば、私は天下のいかさま師。死罪だ」

清太郎は興奮してきた。

「その場でとり押さえられたら、もはや母上やお絹さんにも会うことは叶わぬのだ」

「落ち着いてください」

十兵衛は叱るように、

「八重垣さまとてただ手を拱《こまね》いて詮議に臨むわけはありません。列座される三奉行や大目付の目がそんな節穴であるはずもありません」

「そうだといいが」

「いよいよ明日は江戸に着くということで、気が昂《たかぶ》っておられるのです。無理もありません。ですが、どうか心を落ち着かせてください」

「…………」

「それから、江戸に入ったら、清助《せいすけ》という名で通していただきます」

十兵衛は穏やかに言った。

そのころ、頼茂は旅籠《はたご》の部屋で、勝一郎と向かい合った。

「勝一郎、明日はいよいよ上屋敷に入る」

「はい」

「敵陣と思え」

「はい」

勝一郎は緊張した声で答える。

「刺客が襲ってくるかもしれぬ」

「清太郎ぎみの身代わりになる覚悟は出来ております」

「評定所で清太郎ぎみが偽者だという裁定になったら、御家乗っ取りを企んだ奸《かん》臣《しん》となり、父は死罪となろう。当然、八重垣家はお取り潰《つぶ》しになる」

「…………」

勝一郎は息を呑んだ。

「そなたや母も流罪《るざい》になるに違いない」

「心得ております」

「だが、そうなったら、わしは評定所で飛驒守さまの横暴を訴えるつもりだ。将軍の八男家正が水沼家に入ることだけはなんとしてでも阻止せねばならぬ」

頼茂は悲壮な覚悟を見せたあと、

「そなたは十七歳であったな」

と、話題を変えた。

「何事もなければ、そなたは嫁をもらい、八重垣家の跡を継ぎ、水沼家の家老として生涯を送るはずであった」

頼茂は勝一郎の顔をじっと見つめたあと、

「すまない」

と、頭を下げた。

「何を仰いますか。私は父上の子。水沼家のために命を捧げることは当然と思っております」

「よくぞ、申した」

口ではそう言ったが、頼茂は心の中では別のことを思った。武士の家に生まれてこなければと。

それは清太郎にも言えた。表舞台に引っ張り出さなければ、清太郎は平穏な生き方が出来たのだ。

「だが、父は負けぬ」

頼茂は声に力を込め、

「これは水沼家の命運を懸《か》けた飛驒守との闘いだ。負けるわけにはいかぬのだ」

と、かっと目を見開いて叫ぶように言った。

その夜は遅くまで勝一郎と語らった。

翌朝、清太郎と十兵衛の一行四人は越谷宿を出立した。四人とも饅頭笠《まんじゆうがさ》をかぶり、野袴をはいていた。

夕七つ（午後四時）前に千住宿《せんじゆしゆく》を通過した。

江戸に帰って来たという安堵《あんど》と同時に胸がざわついた。奇妙な気持ちのまま橋場の願山寺の山門をくぐった。

住職に挨拶をし、再び客殿の部屋に入った。およそひと月半ぶりだ。

「お疲れでしょう」

十兵衛も旅装を解いて清太郎に言う。

「だいじょうぶだ」

清太郎は足をさすりながら、

「勝一郎どのは上屋敷に落ち着いたであろうか」

「ええ。昼過ぎには着いていると思います」

「そうか」

自分の身代わりを務めている勝一郎に思いを馳せた。上屋敷には敵もいるのだ。

茶を飲みながらくつろいでいると、秋の日は短く、部屋の中は薄暗くなった。

若い僧侶が行灯に火を入れにきた。仄《ほの》かな明かりが部屋を照らした。

部屋を出て行った若い僧侶が四半刻（三十分）ほど経って、また顔を出し、

「夕餉の支度が整いました」

と、知らせた。

「かたじけない」

十兵衛が応える。

「行こうか」

清太郎が言ったとき、ふいに十兵衛の顔が厳しくなった。

「何か」

清太郎は訝《いぶか》しんできいた。

十兵衛は刀を摑んで障子を開けた。他のふたりの侍も刀を腰に差した。

そのとき、にゃあにゃあという鳴き声が聞こえた。

「猫か」

十兵衛が表情を和《やわ》らげた。

その夜、八丁堀の屋敷に太助がやってきた。

「青柳さま。願山寺に四人の侍が草鞋《わらじ》を脱ぎました。その中に、清太郎さんもいました」

「なに、清太郎が？」

剣一郎は驚いて、

「護衛は三人だけか」

「はい、三人です。そういえば、清太郎さんは他の三人と同じような野袴姿でした」

「すると、筆頭家老の一行とは別行動か」

「そうそう、勝一郎どのは上屋敷に落ち着いたであろうかと、清太郎さんが話していました」

「勝一郎どのとな」

剣一郎は合点《がてん》した。

「そうか。勝一郎どのとは清太郎の替え玉かもしれぬ。上屋敷で襲われることを用心して替え玉を立てたのだ」

剣一郎は翌朝、長谷川四郎兵衛を介して白根藩水沼家の留守居役本宮弥五郎への面会を求めた。

剣一郎は鉄砲洲《てっぽうず》にある水沼家の上屋敷に赴《おもむ》くつもりだったが、本宮弥五郎はまたも南町にやって来た。

内与力の用部屋の隣の部屋で、剣一郎は目尻の下がった本宮弥五郎と向かい合った。

「私のほうからお伺いしたのですが」

剣一郎は残念そうに言う。上屋敷の様子を探りたかったのが本音だ。

「いや、なに。私は出かけることは少しも億劫《おっくう》ではないのです」

弥五郎は答える。

「さっそくですが、御家のほうはたいへんなことになっておりますね」

「ええ。まさかこんなことになるとは、想像もしていませんでした」

「江戸家老と支藩の梅津水沼家が筆頭家老を訴えたそうですね」

「そうです」

「上屋敷に筆頭家老と清太郎ぎみは到着したのですか」

「昨日、到着しました」

「清太郎ぎみはどうなさっておいでですか」

「部屋に入ったきりで出てこようとしません」

「なぜでしょうか」

「さあ」

「刺客を恐れているのでは？」

「そのようなことはありません」

「以前にも申しましたが、私は清太郎ぎみと多少の縁があるので、心配なのです」

「まさか、上屋敷でそのようなことなど」

弥五郎は首を横に振る。

「筆頭家老はなんというお方でしょうか」

「八重垣頼茂です」

「八重垣頼茂どのが偽の清太郎ぎみを仕立てて、御家乗っ取りを図っているというのが江戸家老の言い分なのですね」

「そうです」

「清太郎ぎみが本物であることは確認されたはずなのに、なぜ今になって江戸家老はそんなことを言い出したのですか。それに、老中に訴えるなんて。江戸家老と八重垣頼茂どのはそれほど対立していたのですか」

「それは……」

弥五郎は言い渋った。

「本宮どの。うちのお奉行も評定所に列座します。すべてわかってしまうことです」

「そうですな」

弥五郎は顔をしかめた。

「じつは家督《かとく》争いに、老中の飛驒守さまが介入されたのです」

「飛驒守さまが？」

「はい。将軍家の八男家正ぎみを水沼家の養子にし、跡を継がせたらどうかという話を持ち込んだのです。それに、江戸家老市原郡太夫どのが乗ったのです。それまでは、支藩の梅津水沼家の義孝さまが継ぐという話になっていたのですが、将軍家から養子を迎えるという話に家中の意見は傾きました。何かあれば、将軍家からの援助が期待出来るからです」

弥五郎は息を継ぎ、

「そうしたら、筆頭家老の八重垣頼茂どのが殿には実の子がいると言い出されたのです」

「殿さまにそのような子がいるという噂は？」

「いえ、聞いたことはありません。知っていたのは八重垣どのだけ。そんなことから、偽者をご落胤に仕立てて御家を乗っ取ろうとしたという疑いを持たれたのかもしれません」

「すると、飛驒守さまと江戸家老市原郡太夫どのは手を結んでいるというわけですね」

「そうなりますね」

それで公正な裁きが出来るのか。

「本宮どのは、将軍家から養子をもらう話をどう思うのですか」

「私は将軍家から養子をもらうのもいいかもしれないと思っていたのですが、八男家正ぎみは冷酷で無慈悲なお方だという噂を聞くと、藩主にふさわしいかどうか」

「そういう噂があるのですか」

「他の御家の留守居役にきいても、評判はよくありません」

「そんなお方でも、江戸家老は養子にと望まれているのですね」

「家正ぎみが水沼家を継ぐと、飛驒守さまの発言力が強まり、市原郡太夫どのが筆頭家老になるのは自明の理だと思われます」

「そうですか。そういう経緯があったのですか」

将軍家との縁戚を望む者からしたら清太郎は邪魔な存在でしかない。清太郎は狙われているのだ。

家老の八重垣頼茂は、だから身代わりを用意したのだ。身代わりを務めている者は誰なのか。

ふと思いついて、剣一郎はきいた。

「八重垣頼茂どのには子息はいらっしゃるのですか」

「おられます。確か、勝一郎という名だったと思います」

「勝一郎……」

そうか、八重垣頼茂は危険を承知しながら我が子を清太郎の身代わりにしているのだ。そんな男が御家乗っ取りを図るだろうか。

その他、いくつか確かめてから、剣一郎は最後に頼んだ。

「八重垣頼茂どのにお会いできますまいか」

「ご家老に？」

「はい。お願いします」

「そうですな。いちおう、ご家老に話しておきます。会うか会わないかはご家老のお気持ち次第」

「かまいません」

剣一郎は対話を切りあげた。

弥五郎が引き上げ、ひとりになって剣一郎は八重垣頼茂のことを考えていた。

四

大伝馬町《おおでんまちょう》の口入れ屋『大黒屋』に顔を出したが、たいした用心棒の仕事もなく、新兵衛は小舟町一丁目の長屋に戻った。

戸を開けると、上がり框に助三が座っていた。

「宇野さま」

助三が立ち上がった。

「久しぶりだな」

「へえ」

「あれからどうしていたんだ？」

「へえ、空っ風の甚助の情婦の行方を追っていました」

「執念深いな。で、どうなんだ？」

「見つけました」

「見つけた？」

「へえ。神田多町《たちょう》にある『田村屋《たむらや》』っていう下駄屋の二階に匿《かくま》われていました」

「間違いないのか」

「たぶん。じつは『田村屋』の亭主は元は空っ風の甚助一味にいた男で、何年か前に足を洗って堅気になったそうです」

「どうしてわかったんだ？」

「一味にいたあっしの仲間がそんなことを言っていたのを思いだして、『田村屋』を見張っていたんです。そしたら、今日になってやっと『田村屋』で情婦と思しき女を見かけたんです」

「そうか。で、どうするのだ？『田村屋』に押し入り、情婦から金を奪うのか」

「そう思ったんですが、『田村屋』は堅気の店ですし、それに」

助三は困惑した。

「それに、どうした？」

「怖くなってしまいました」

「怖い？」

「情婦を脅して金を奪ったとしても、落ち着いて暮らしていけねえような。あの空っ風の甚助一味がいとも簡単に捕まってしまった。やはり、お天道様はすべてお見通しだったのだと思うと、あっしにもいつか罰が当たるんじゃないかって」

「なんだ、ずいぶん弱気だな」

「へえ」

助三は気弱そうに笑った。

「俺はまた、『田村屋』に押し入り、情婦から金を奪う手伝いをしてくれと頼みにきたのかと思った」

「じつは……」

助三は言いよどんだ。

「どうした？」

「最近、あっしの周りに岡っ引きの手下らしいのがうろついてまして」

「そうか」

新兵衛は心の中で苦笑した。

助三のことは太助を通して植村京之進にも伝わっている。京之進が空っ風の甚助の情婦の行方を探すために、助三を見張らせているのだろう。

内心で、すまないと詫《わ》びながら、新兵衛は口にした。

「おまえの言う通りだ。まさか、空っ風の甚助だってあんな形で捕まるとは思ってもいなかっただろう。いずれ、情婦も町方の手に落ちる。おまえもここが潮時だ。堅気になってやり直したほうがいい。まっとうにやっていれば、岡っ引きだって目の前から消えるだろう」

「へえ」

助三は素直に応じ、

「宇野さま。そういうわけですからあっしはもう手を引きます。情婦のことは宇野さまにお任せします」

「おまえといっしょでなければ、俺もやらぬ」

新兵衛はきっぱりと言う。

「せっかくお誘いしたのに、こんな結果になっちまって申し訳ないことで」

「気にするな」

「へえ。では、あっしはこれで」

「待て」

新兵衛は助三を引き止め、

「これを返す」

と、懐《ふところ》から二両を出した。

「これは？」

「おまえからもらった金だ。仕事をしていないのだからもらうわけにはいかない」

「これは手付けです。仕事がなくなったのは宇野さまのせいじゃありません」

「いや、何もしていないのに金だけを受け取るのは俺の性に合わぬ。返す」

「でも……」

「おまえも堅気になってやっていくために元手もいるだろう。持っていけ。さあ」

助三はおそるおそる手を伸ばした。

「宇野さま、このとおりです」

助三は二両を押しいただいた。

「おまえとはもう会うことはあるまい。達者でな」

「宇野さまも」

助三は二度振り返って頭を下げて土間を出て行った。

しばらくして、新兵衛は長屋を出た。


四半刻（三十分）ほどで、新兵衛は神田多町にやって来た。

『田村屋』という下駄屋はすぐ見つかった。店先にいた亭主は五十近い男だ。かみさんと奉公人をひとり置いて細々とやっている店だ。

二階の部屋の窓が開いて、三十前後と思える女が顔を覗かせた。空っ風の甚助の情婦かもしれない。

あとは京之進に任せればいい。

新兵衛は引き上げた。

夕陽が沈んでから微《かす》かに明るさを保っていた空が急に薄暗くなった。浜町堀《はまちょうぼり》に差しかかった新兵衛は、あとをつけてくる者がいることに気づいていた。相手は気配を消しており、かなりの手練の者だと推察された。

いよいよ現われたかと胸を弾ませ、新兵衛はわざと浜町河岸のほうに曲がった。そして、大川端《おおかわばた》に出た。川風がひんやりした。すでに辺りは暗くなっている。

新兵衛は小網町《こあみちょう》のほうに足を向けた。だいぶ先に辻番所の提灯の明かりが見える。

背後で地を蹴る微かな足音。気配を消して何者かが迫ってくる。新兵衛は鯉口《こいぐち》を切った。殺気が走った。新兵衛は振り向きざまに抜刀し、相手の剣を弾いた。

「何者」

新兵衛は誰何《すいか》する。

饅頭笠に裁っ着け袴の侍だ。待っていたと思わず叫びそうになったが、相手がまた突っ込んできた。新兵衛は相手の剣を受け止め、顔を近付けた。笠の内を覗こうとしたが、相手は新兵衛の剣を押し返し、後退った。

「俺を宇野新兵衛と知ってのことか」

新兵衛はあえて自分の名を名乗った。

相手は無言で再び斬り込んできた。繰り出してきた剣を軽くかわしながら、

「そんな腕では俺を斬れぬ」

と、新兵衛は大言を吐く。

相手はふいに剣を引き、後退った。

「どうした？」

新兵衛は剣を突き出してきく。

いきなり、饅頭笠の侍は踵を返して走り出した。

これで敵とのつながりが出来たと、新兵衛は気を引き締めて相手を見送った。


翌朝、新兵衛は大伝馬町の口入れ屋『大黒屋』に足を向けた。

『大黒屋』の戸口に立ったとき、背後に近づいてくるひとの気配を感じて振り返った。

網代笠《あじろがさ》に墨染衣の行脚僧《あんぎやそう》だった。

「金になる仕事がある。こちらへ」

行脚僧はそう言い、踵を返した。

新兵衛はあとに続いた。

大店《おおだな》が並ぶ一画に身をひそめるように小さな稲荷《いなり》があった。その赤い鳥居の前で、行脚僧が立ち止まった。

「御坊はどなたか」

　新兵衛はきいた。

「暁雲《ぎょううん》と申す」

「金になる仕事とはなんでござる？」

「やる気があるかどうか」

「金次第」

「五十両だ」

「五十両？　ほんとうか」

　新兵衛はわざと目を見開いた。

「ほんとうだ」

「危険な仕事らしいな」

「腕に覚えがあれば心配ない」

「で、何をやるのだ」

「その前に約束をしてもらう。このことを、決して他言しないこと」

「お安いごようだ。で、何をするのだ？」

「その前に、そなたの名は？」

「宇野新兵衛だ」

「家族は？」

「そんなものはない」

新兵衛は顔をしかめて答え、

「で、何をするのだ？」

「刺客だ」

「刺客？」

「そうだ。相手はかなりの腕の侍だ」

これまでに腕の立つ浪人が五人斬られているのだ。いかに凄腕かわかっている。

「侍か。名は？」

新兵衛は相手を知りたかった。

「その場で教える。請けるか請けぬか」

「ほんとうに五十両もらえるのだろうな」

新兵衛はわざと念を押す。

「間違いない」

「よし、引き受けた」

「では、明日の夕七つ（午後四時）、一石橋《いちこくばし》の南詰に来てもらおう」

「七つに一石橋南詰だな」

「そうだ」

　そう言うや、行脚僧は稲荷社を出て、ひとの行き交う通りに消えた。

　新兵衛は伊勢町堀の塩河岸近くの堀端にある柳の木の陰に佇《たたず》んでいた。周囲に目を配ったが、怪しい人影はなかった。

　やがて、横に太助がやってきた。

「行脚僧が接触してきた」

　新兵衛は荷を積んだ舟が集まってきている堀を見ながら言う。

「いつですか」

「明日の夕七つ、一石橋の南詰に来いとのこと。五十両くれるらしい」

「五十両ですか」

「うむ。依頼は刺客だ」

「刺客ですって」

太助は驚いたような声を出し、

「誰を殺せというのですか」

と、きいた。

「いや、相手の名は言わなかったが、かなりの腕の侍だそうだ」

「侍ですか」

「何か心当たりがあるのか」

「じつは白根藩水沼家で、今ある騒動が」

太助は水沼家の家督相続の争いについて話し、

「ご落胤の清太郎さんを亡き者にするためかと思ったのです」

「そうか。狙いは別人だ」

新兵衛は言ってから、

「空っ風の甚助の情婦らしい女が、神田多町にある『田村屋』という下駄屋の二階に匿われているようだ。亭主は今は堅気になっているが、元は空っ風の甚助一味にいた男らしい」

「神田多町の『田村屋』ですね」

「それから助三は足を洗い、堅気になると言っていた。信じてもいいと思う」

「わかりました。そう伝えておきます」

太助が去ろうとした。

「頼みがある」

新兵衛は呼び止めたが、

「いや、いい」

と、首を横に振った。

「青柳さまによろしく」

「えっ？」

太助は怪訝《けげん》な顔をした。

何か言いかけたが、太助はそのまま去って行った。

どういうわけか、さっきふいに初枝の顔が脳裏《のうり》を掠《かす》めたのだ。

かつてお役目中に家族のことを思いだすことはなかった。おそらく、明日の相手がかつてない強敵だと自覚しているからだろう。

新兵衛ははじめて死を意識したのだ。だが、たとえ命を落としかねなくとも、真相を摑むためには行かねばならないのだ。

ただ、殺されても下手人に結びつく手掛かりをどうにかして残さねばならない。

新兵衛は長屋に帰り、部屋でそのことを考え続けた。

翌日の昼下がり、新兵衛は腹に桐油紙《とうゆがみ》を挟んだ晒《さらし》を巻いた。それから刀の目釘を確かめて、おもむろに立ち上がった。

長屋を出て、四半刻（三十分）足らずで一石橋にやってきた。朝の早い魚河岸はこの時分は閑散としている。空《から》の川舟が河岸に停泊していた。

新兵衛は橋を渡り、南詰で待った。

武士や職人、商家の旦那や内儀ふうの女、駕籠《かご》かきなどが橋を渡っている。だが、昨日の行脚僧の姿はまだ見えなかった。

お濠端《ほりばた》の柳の木の陰に太助がいるのがわかった。どこかに青柳さまもいるかもしれないと、なにげなく辺りを見まわした。

しかし、姿は見当たらない。

遊び人ふうの男が近寄ってきた。

「宇野新兵衛さまですかえ」

「そうだ」

「あっしのあとについてきていただけますか」

浅黒い顔の男は言い、すぐに歩き出した。

「行脚僧の使いの者か」

「………」

男は答えず、先を行く。

新兵衛も黙ってついて行く。

江戸橋《えどばし》の袂で、男は立ち止まった。

「宇野さま。あの舟にお乗りを」

「舟だと？」

船着場に川舟が待っていた。

新兵衛は言われたとおりに桟橋から舟に乗り込んだ。男も乗り込む。

船頭はもやってあった綱を解き、棹《さお》を使って舟を出した。

空は徐々に暗くなっていった。

五

新兵衛を乗せた舟は霊岸島《れいがんじま》を右に見て大川方面に向かった。陸を見ると、さっきから少し離れてついてくる男がいる。

仲間に違いない。尾行者がいないか、見張っているのだ。これでは太助は追ってこられない。

舟は大川に出たが、すぐに右に曲がり、霊岸島の岸寄りを進んだ。そして、大きな大名屋敷が見えてきた。

舟はその屋敷に近づいていった。門が見えてきた。門が開き、舟はそのまま屋敷の中に入った。

門はすぐ閉ざされた。

船着場があって、そこに網代笠の行脚僧が待っていた。

新兵衛は舟から下りた。

「こっちだ」

行脚僧が先に立った。

広い庭を行く。母屋からかなり離れた場所に、かがり火が二カ所焚《た》かれていた。その明かりの届かない場所に頭巾《ずきん》をかぶった侍と、裁っ着け袴の侍が立っていた。

「狙いはあの侍か」

新兵衛は行脚僧にきいた。

「違う。立会人だ」

「立会人？」

「これからそなたはある男と立ち合ってもらう。真剣勝負だ。勝てば五十両」

行脚僧が言う。

「相手は？」

「そなたが勝ったら教える。よいか、立会人の前で、勝負をするのだ。今、相手を呼んでくる」

行脚僧は遊び人ふうの男に合図をした。

遊び人ふうの男がひとつのかがり火の向こうに姿を消した。入れ代わるように、たすき掛けをし、袴の股立《ももだち》をとった侍が現われた。三十半ばと思える武士が土間に立っていた。広い肩幅、締まった体をしている。

「さあ、宇野どの。思う存分闘うのだ」

行脚僧はけしかけてから頭巾をかぶった侍のほうに移動した。

「今度はそなたが相手か」

侍はきいた。

「俺と似たような浪人が何人か斬られて死んだとか。あんたが斬ったのか」

新兵衛は確かめる。

「そうだ。そなたと立ち合わねばならぬわけはない。だが、闘わねばならぬのだ」

そう言い、相手は剣を抜いた。

「あの頭巾の侍は誰だ?」

新兵衛はきく。

「知る必要はない。さあ、抜け」

「待て。支度をさせてくれ」

新兵衛は後ろ向きになって懐から懐紙をとり出し、刀の刃に指を当て、懐紙に血文字で「れいがんじま、しもやしき」と書きなぐり、晒にはさんだ桐油紙に押し込んだ。

自分の亡骸がどこかの川に浮かんだら、この紙で死んだ場所が伝わるだろう。新兵衛は懐からひもをとってたすき掛けをした。

「では」

新兵衛は向かい合って剣を抜いた。

相手は下段に構えた。どこにも力みはなく、自然体に思えた。新兵衛はおやっと思った。隙《すき》だらけだ。

新兵衛は正眼に構えた。が、今度は目を瞠《みは》った。隙だらけなのに、踏み込めない。気圧《けお》された。

新兵衛は丹田《たんでん》に力を込め、気を集中させた。こっちの気力が充実すればするほど相手に圧倒されそうになった。隙につけ込んで斬りつけていけば相手の思う壺《つぼ》だ。隙だらけなことにかえって恐怖を覚えた。

ふと、相手の体が大きくなっていた。下段の構えのまま、相手は間合を詰《つ》めてきた。

新兵衛は額《ひたい》や脇の下に汗をかいていた。このまま斬りかかっていけば、下段の剣がたちまち大蛇《だいじゃ》のように躍《おど》りだし、新兵衛の喉元に食らいついてくるような錯覚に襲われた。

新兵衛は思わず後退った。だが、そのぶん、相手も動いた。間合は詰まる一方だ。

新兵衛は深呼吸をし、剣を下げた。勝てる相手ではない。新兵衛は悟った。勝とうと思えばよけいなところに力が入る。

相討ちを狙うのだと、考えを切り換えた。新兵衛も下段に構え、目を閉じた。相手の存在を消した。

風の音しか聞こえない。相手は動きを止めたようだ。こちらの考えを読み取ったらしい。そのまま両者は動かずにいた。

「ふたりとも何をしている」

誰かが叫んだ。

「早く、決着をつけるのだ」

その声に、相手が反応した。脇構えに変え、いきなり突進してきた。新兵衛も足を踏み込んだ。

剣と剣がかち合うことなく、両者は擦れ違った。新兵衛は行きすぎてから足を止めて振り返った。

相手も振り返ったが、右腕を押さえてくずおれた。新兵衛も剣を落とし、左肩を押さえた。激痛が走る。

頭巾の侍が近寄ってきて、

「相討ちか」

含み笑いをしながら、

「黒川富之助《とみのすけ》、はじめてそなたが傷を負うのを見た」

と、頭巾の侍は言った。

「手当てをしてやれ」

そう言うと、数人の男がたすき掛けの武士を抱えて母屋のほうに向かった。

「宇野新兵衛と申すか」

頭巾の侍は新兵衛に顔を向けた。声の様子は若そうだった。

肩を押さえながら、新兵衛は頭巾の侍を睨みすえた。

「おぬしの用は済んだ。やれ」

裁っ着け袴の侍と行脚僧が剣を構えた。

「最初からこのつもりだったのか」

新兵衛は叫んだ。

新兵衛は剣を摑んだが、体に力が入らなかった。

裁っ着け袴の侍の剣が襲ってきた。新兵衛は片手で応戦しながら逃げ道を探した。

剣一郎と太助は大名の下屋敷の裏門の前にやってきた。

剣一郎は日本橋川《にほんばしがわ》に舟で待機していたのだ。

一石橋での待ち合わせと聞き、剣一郎は行脚僧は新兵衛を舟でどこぞに連れて行くと読んだ。浪人の死体は舟で運ばれて川に棄てられていたからだ。

案の定、新兵衛は江戸橋の近くから舟に乗った。岸には仲間らしい男が尾行を警戒して、舟といっしょに歩いていた。

だから、新兵衛が乗った舟に近付けなかった。途中、太助を乗せて舟を追跡した。

新兵衛を乗せた舟が大川に出たあと、しばらくして剣一郎の舟も大川に出た。しかし、大川に舟は見えなかった。

舟は霊岸島に沿って移動したらしいとわかり、そちらに向かった。

舟の行方はわからなかった。だが、その先に大名の下屋敷があり、舟のまま屋敷内に入れることから、新兵衛はこの屋敷内に連れ込まれたのではないかと想像した。

　そして、この屋敷が老中飯岡飛驒守の下屋敷であることを思いだして戦慄《せんりつ》した。

　裏口を探していると、塀の内側からひとの争う声が聞こえた。

　剣一郎は塀を見ながら、

「乗り越えられる場所はないか」

と、太助にきいた。

「あそこに」

　太助は木立の繁《しげ》った場所に向かった。

　木を攀《よ》じ登り、太助は塀に飛び移ると、内側に消えた。

　やがて、太助は閂《かんぬき》を外し、裏口が開いた。

　剣一郎は中に入り、辺りを見まわした。暗がりから誰かが走ってくるのがわかった。新兵衛だ。そのあとを数人の男が追ってきた。

　剣一郎は剣を抜いて新兵衛をかばうように追手の前に飛び出した。

「そなたたち、飛驒守さまのご家来衆か」

　剣一郎は鋭く言う。

「曲者《くせもの》」

行脚僧の姿をした男が斬りつけてきた。その剣を弾《はじ》き、

「奉行所の者だ。おまえたちは飛驒守さまの顔に泥を塗るつもりか」

と、剣一郎は叱責する。

「屋敷に押し込んだ賊を成敗しようとしている」

裁っ着け袴の侍が剣を構えて迫った。

剣一郎は刀の峰を返し、襲ってきた相手の胴を払い、さらに行脚僧の格好をした男の肩を叩《たた》き、他の者たちの腕や足を激しく打ち付けた。

すでに太助が新兵衛を抱えて裏口に向かっていた。剣一郎はあとを追った。


翌日、出仕した剣一郎は宇野清左衛門に昨夜のことを話し、昼過ぎに神田三河町にある蘭方医平岩春学の医院を訪れた。

奥の部屋で、新兵衛は横になっていた。

剣一郎が顔を出すと、新兵衛は起き上がろうとした。

「そのまま」

剣一郎は止めた。

昨夜、新兵衛をここに運び、春学に傷口を縫《ぬ》ってもらったのだ。

「話を出来るか」

「だいじょうぶです」

痛みが走るのか、新兵衛は顔をしかめた。

「舟で、飛騨守さまの下屋敷に連れて行かれたのだな」

「はい。庭にかがり火が焚かれ、そこに頭巾の武士がいました。金の刺繍《ししゅう》の羽織袴で、身分のある者かと。二十代前半と思われました」

「飛騨守の身内か」

「そうだと思います。その侍の前で、三十半ばの広い肩幅に締まった体をした侍と立ち合いました。腕は立ち、私は相討ちを仕掛けるのが精一杯でした」

「名はわかるか」

「頭巾の侍が黒川富之助と呼んでいました」

「黒川……」

剣一郎は松元朴善のところで、薬をもらいに来ていた侍を思い出した。三十半ばの広い肩幅に締まった体をした侍だった。そして、黒川と呼ばれていた。

「何か」

「うむ。その侍らしい男を町医者の松元朴善のところで見かけた」

「そうですか」

「で、そなたは黒川という侍と闘うために声をかけられたのか」

「そうです。これまでの五人の浪人はみな黒川と闘ったようです」

「白い髭の修験者や網代笠の行脚僧は黒川と闘う相手を探していたのか」

「そうです。あの下屋敷で闘い、死体は舟で川に棄てに……」

「何のために……」

剣一郎は新兵衛の顔を覗き込み、

「そなたが巻いていた晒の中に桐油紙に包まれた紙が出てきた。『れいがんじま、しもやしき』と書いてあった。血文字か」

「私が川で見つかったあと、何か手掛かりをと思いまして」

「そうか。そこまで……。見上げたものだ」

剣一郎は新兵衛を讃《たた》えた。

「恐れ入ります」

「そなたは無事大役を果たしてくれた。相手の黒川も手負いだ。当面は剣を持てまい。あとはわしらに任せ、ゆっくり休んでくれ」

「ありがとうございました」

「長居して傷に障《さわ》ってはいけない」

剣一郎は新兵衛のもとを離れ、平岩春学の部屋に行った。

壁際の棚に西洋医学書や西洋の本草書の翻訳本、和蘭対訳医学用語辞典などの書物が並んでいる。

総髪の平岩春学と向かい合って、

「お世話になりました。一時は心配しましたが、おかげで助かりました」

「いえ、作田新兵衛どのの驚くべき丈夫な体のたまもの。何針縫っても耐える胆力にも驚きいりました」

「そうはいっても、春学どのの手にかからなければどうなっていたか」

「起き上がれるまでには日数が必要ですが、思った以上に回復は早いと思います」

春学は言ってから、

「『上総屋』の娘さんももう心配いりません。胃に出来ていた腫《は》れ物を取り除く施術は成功し、容態も安定しております。もっと早く手当てをしていれば、あんなに苦しまずに済んだでしょうが」

修験者の祈禱を信じていた『上総屋』の孫兵衛もすっかり目が覚めたようだ。

「では、新兵衛のこと、よろしくお願いいたします」

剣一郎は春学の医院を辞去した。


剣一郎は神田三河町から八辻ヶ原を突っ切って、筋違御門を抜け、神田花房町の松元朴善の医院にやってきた。

土間に入り、奥に声をかけると、弟子が出てきた。

「朴善どのはいるか」

剣一郎はきいた。

「ちょっと前に往診に出かけました」

「すると、しばらく戻ってこないな」

剣一郎は現われた弟子が黒川に薬を渡した男だったので、

「いつぞや、黒川という侍に薬を渡していたと思うが？」

と、口にした。

「黒川さまですか。はい、お渡ししました」

「黒川富之助どのだな」

「はい」

「妻女どのはどこが？」

「心ノ臓です」

「そうか。で、黒川どのの住まいはどこかわかるか」

「はい。下谷の練塀小路《ねりべいこうじ》です。私も往診のお供で行ったことがあります」

「下谷？　お役目は？」

「朴善さまが仰《おつしや》るには元々は大奥の警護をしていたそうです」

「元々？」

大奥の警護をしていたとしたら広敷用人《ひろしきようにん》だろうか。

なぜ、大奥の警護を担っていた黒川が飛騨守の下屋敷で浪人と真剣の立ち合いをするようになったのか。本人に確かめるしかない。

剣一郎は神田相生町《あいおいちよう》の角を曲がり、両側に武家屋敷が並ぶ練塀小路に入った。途中、通りかかった侍に訊ね、黒川富之助の屋敷がわかった。

木戸門を入り、玄関に向かう。

「ごめん」

剣一郎は呼びかけた。

若党らしい男が応対に出た。

「青柳と申すが、黒川どのはいらっしゃるか」

「いえ、今不在です」

「どちらに？」

「わかりません」

「わからない？」

「じつは怪我《けが》をしたそうで、どこかで養生しているそうですが……」

若党は困惑した顔をした。ほんとうに知らないようだ。

「ご妻女どのの容態はいかがか」

「はい。だいぶよくなりました」

若党の顔が明るくなった。

「そうか。それはよかった。では、また出直すことにする」

剣一郎は玄関を出た。


剣一郎は奉行所に戻り、宇野清左衛門に会いに行った。

「新兵衛は話が出来るほど元気でおりました」

「そうか、それはよかった」

「昨夜、新兵衛と立ち合った侍は黒川という名だったそうです。じつは私は黒川という侍を、医者の松元朴善のところで見かけたことがあったのです」

「ほんとうか」

「はい。新兵衛が言っていた黒川と特徴が似ていました。それで、松元朴善のところで聞いて、黒川富之助という侍だとわかりました」

「黒川富之助とは何者だ？」

「元々は広敷用人かと思われます」

「広敷用人？」

「はい。ただ、今は違うようですが、なぜ広敷用人だった黒川富之助が飛驒守さまの下屋敷で浪人と立ち合っていたのか、わかりません」

「浪人を斬ったのは黒川富之助に間違いないのか」

「まず、間違いないかと。浪人の死体は仲間が舟で川に棄てに行っていたのです」

「霊岸島であれば死体を大川に棄てれば海に流れて行くのに、なぜ、川に棄てたのだろうか」

清左衛門は首をかしげた。

「今後のことですが」

剣一郎が切りだすと、清左衛門は表情が険しくなった。

「長谷川どのは及び腰だ。飛騨守さまに訊ねても、否定されたらそれ以上は踏み込めないとな」

「確かに、管轄《かんかつ》ではない武家屋敷内に入り込んでいますから」

剣一郎は膝を進め、

「しかし、あの場にいた頭巾の侍の正体を摑むことが肝要です。そのためには黒川富之助に会わねばなりません。ともかく、黒川富之助について調べていただけますか」

「すぐお目付に問い合わせよう。で、黒川富之助は今、いずこに？」

「右腕を負傷しています。霊岸島の下屋敷にて養生していることも考えられますが、わかりません」

「そうか」

「ただ、黒川富之助はしばらくは剣を持てません。浪人殺しはもうこれで終わったとみていいかと思います」

「うむ。新兵衛はよくやった」

「はい」

「ところで、いよいよ評定所で詮議《せんぎ》がはじまる。もし、お奉行に伝えておきたいことがあれば長谷川どのが取り次ぐそうだ」

「わかりました」

そうか、いよいよ評定所で清太郎の真偽が調べられるのかと、剣一郎は筆頭家老八重垣頼茂に思いを馳せていた。

第七章　評定所

一

清太郎はそわそわしていた。母がやってくると、十兵衛から聞いたのだ。

今や遅しと縁側に出たり入ったりしていると、ようやく庭に母の姿が見えた。

「母上」

清太郎は叫んだ。

母は駆け寄るように近寄ってきた。

「清太郎、元気そうでなにより」

「母上も御達者で」

ひと月半しか経《た》っていないのに、何年ぶりかの再会のような気がした。

「どうぞ、あちらから」

迎えに出た十兵衛が玄関のほうに案内した。

母が部屋に入ってきた。

改めて再会を喜んだあと、

「お父上に会われましたか」

と、母はきいた。

「はい。ですが、私のことも理解出来たかどうか」

清太郎は頬《ほお》がこけ、窶《やつ》れた父の顔を思いだして胸を痛めた。

「きっとわかったはずです」

母は信じるように言う。

「いよいよ、明日ですよ」

「はい」

評定所で詮議《せんぎ》が行なわれるのだ。証拠の短刀と御墨付きがあるにも拘《かか》わらず、どうして江戸家老市原郡太夫は偽者と言い張るのか。

老中飯岡飛騨守と手を組んで、強引に偽者に仕立てようとしているのだろう。

そんな言いがかりに負けるものかと、清太郎は奮い立った。

「お父上の子であることを忘れずに、堂々と詮議に応じるように」

「わかりました」

清太郎は力強く応じ、

「この件が済んだら、また母上と離ればなれになってしまうのでしょうか。この先、いっしょに暮らせる日は来ましょうか」

と、きいた。

「清太郎、そんな情けないことでどうしますか」

母は強く言い、

「もっと強くならねばなりません。母のことなど忘れても構いません」

「そんなこと出来ません」

「あなたは大勢のひとの上に立たねばならないのです」

「…………」

「厳しいことを言うようですが、それがあなたの定め」

やはり、母は厳しかった。

「わかりました。もう二度と甘えるようなことは言いません」

清太郎は自分に言い聞かせるように言ったが、久しぶりに会ったのだから少しは甘えてもいいではないかと思った。

「そうそう、白根城下の『月の家』という料理屋に行ってみました」

清太郎は気を取り直して言った。

「『月の家』に？」

母は顔色を変えた。

「なぜ？」

「母上と父上が出会った場所を見ておきたかったのです。それに、母上が若いころ、どんなところで働いていたのか知りたくて」

「料理屋の女中です。子どもに自慢出来る仕事ではありません」

母は目を伏せて言う。

「いえ、そんなことはありません。女将《おかみ》さんにもお会いし、若いころの母上の様子をお聞きしました」

「…………」

母は押し黙った。

清太郎はおやっと思った。

「いけませんでしたか」

「いいえ」

「母上、料理屋の女中だからといって引け目を感じることはありません。女将さんは誰にも好かれた母上のことを……」

「清太郎」

母は言葉を遮《さえぎ》った。

「あなたは今夜、上屋敷に移るのです。そして、明日は評定所」

「…………」

「戦場といっしょです。何があるかわかりません。そのような話は闘いが無事に済んでからにしましょう」

母は厳しい顔で言い、

「明日は私も呼ばれています。ともかく今は評定所での闘いのことだけに専心を」

「わかりました」

清太郎は頷《うなず》いたものの、どこか引っ掛かるものがあった。母の態度だ。

母は百姓の家に生まれ、料理屋の女中をしていた。女将の話では控えめで、やさしくて穏やかな娘だったようだ。

そのころの母はか弱い女だったことを想像するが、今の母にか弱さは微塵《みじん》も感じられない。強い女だ。強くならなければ女ひとりで清太郎を育てていくことは出来なかったのだろう。そういう境遇が母をたくましくしたのかもしれない。だが、それが母にとって仕合わせだったかどうか。

「清太郎。どうかしましたか」

母が訝《いぶか》ってきいた。

「いえ、なんでもありません」

清太郎はあわてて首を横に振ったあとで、

「ひとつきいてもいいですか」

と、口にした。

「なんですか」

「子どものころ、近所に与助《よすけ》という初老の浪人がいましたね。私に読み書きや剣術、柔術を教えてくれました」

「ええ」

「私が『香木堂』に住み込むようになってから、いつの間にかいなくなっていました。与助さんはどういうお方なのですか」

「覚えていらっしゃいましたか」

「はい」

「お父上が遣《つか》わしてくださったお方です」

「父上が？」

「ええ、あのお方が私たちを陰で支えてくださったのです」

「じゃあ、たまたま近所に住んでいたのではなかったのですか」

「そうです」

「今はどこに？」

「入谷《いりや》で、子どもたちに学問を教えています。母は今まであの方の家におりました」

「与助さんはお幾つに？」

「六十近いですが、お元気です」

「そうでしたか。お会いしてみたいですね」

与助にきけば母に抱いた疑問が解消されるかもしれないと思った。

「すべて片づいたらお会い出来ましょう」

「はい」

ふとお絹の顔が脳裏を掠《かす》めた。

ほんとうに会いたいのはお絹だ。お絹には一年後の桔梗《ききょう》の花が咲くころに迎えに行くと約束した。会うことは叶わなくても、今どうしているか。

「清太郎」

母が声をかけた。

「何か心配ごとでもおありですか」

顔色を読んだのか、母がきいた。

「ええ……」

「なんですか」

「お絹さんのことです」

「………」

「母上。お絹さんがどうしているか御存じですか」

「そなたはお絹さんのことをまだ……」

母は驚いたような顔をした。

「来年の秋、桔梗の花が咲くころに迎えに行くと約束しました」

「お絹さんは……」

母は言いさした。

「お絹さんがどうかしたのですか」

のようですよ」

「『香木堂』の旦那さまは『近江屋』の覚次郎さんをお絹さんの婿《むこ》にするつもり
「でも、お絹さんは私の迎えを待っていると」

「一年は待てましょうか」

「…………」

「『香木堂』の旦那さまは、あなたをお絹さんの婿には望んではいないのです。実家の援助が期待出来る『近江屋』の覚次郎さんに決めているのです」

「そんなはずはありません」

清太郎はいきなり立ち上がった。

「ちょっとお絹さんに会ってきます」

「いけません。こんな大事なときに女子《おなご》のことで」

「すみません。行ってきます」

清太郎は部屋を飛び出した。

今戸《いまど》から花川戸《はなかわど》を通り、雷《かみなり》門《もん》前を過ぎ、田原町《たわらまち》を抜けて新堀川《しんぼりがわ》までやってきた。菊屋橋《きくやばし》を渡り、川沿いを阿部川町に向かった。

『香木堂』に近づいたとき、清太郎ははっと立ち止まり、あわてて煮売り屋の陰に隠れた。

　お絹が若い男といっしょに家から出てきた。若い男は『近江屋』の覚次郎だ。覚次郎が何か言った。お絹は弾《はじ》けるように笑った。

　目の前をふたりは楽しそうに行きすぎて行った。

　清太郎は茫然とふたりを見送った。

　願山寺に帰ってきた清太郎に、母は何も言わなかった。そして、夕方になって、鉄砲洲の水沼家の上屋敷に向かった。


　奉行所から八丁堀の屋敷に帰ると、太助が待っていた。

「願山寺に清太郎の母親が現われました。清太郎は上屋敷に向かったようです」

「よし」

　剣一郎は着替えてから編笠をかぶって太助とともに屋敷を出た。

　水沼家の後継者問題に首を突っ込む気はないが、清太郎に偽者だという疑いがあることに剣一郎は心を痛めている。

　もし、偽者であれば御家乗っ取りを企《たくら》んだとして裁かれることになる。死罪になることは必定だ。

しかし、清太郎は偽者だと承知していてご落胤《らくいん》と称しているわけではない。そのように信じ込まされているのかもしれない。その場合には清太郎も被害者ということになる。

もちろん、清太郎が本物のご落胤であれば何の問題もないのだが、果たして公明な裁きが行なわれるか。老中飯岡飛驒守によって強引に偽者と断じられはしないか。

半刻（一時間）後に橋場の願山寺にやってきた。

庫裏《くり》に行き、住職に清太郎の母親への面会を申し入れた。

「聞いて参ります」

住職は奥に消えた。

しばらくして戻ってきた。

「客殿の庭のほうにおまわりください。庭に面した部屋でお待ちしているそうです」

剣一郎は庫裏の土間を出て客殿のほうに曲がった。

「こっちです」

太助が案内する。太助は一度客殿の床下に忍び込んだことがあった。

　明かりの点《つ》いている部屋が見えた。障子に人影が映っていた。足音に気づいたのか、影は立ち上がって障子を開けた。

　剣一郎は庭先に立ち、

「清太郎どのの母君でございますか」

と、縁側に出てきた女にきいた。

「はい。清太郎の母でございます」

　背筋が伸びて姿勢がよく、落ち着いた口調だった。

「私は南町奉行所与力の青柳剣一郎と申す。少しお話を伺いたいのですが」

「どうぞ、お上がりください」

　清太郎の母親は勧めた。

　剣一郎と太助は縁側に上がり、部屋に入った。部屋に侍がひとりいた。

「清太郎の警護役の片岡十兵衛どのです」

　母親が引き合わせた。

「片岡どのは水沼家のご家中で？」

　月代《さかやき》を剃《そ》らない浪人髷《まげ》なので、剣一郎は確かめた。

「違います。父は水沼家の剣術指南役を務めておりますが、私は次男でして自由気ままに暮らしております」

十兵衛はなんの衒《てら》いもなく答えた。

「清太郎どのの警護はどういう縁で？」

「筆頭家老の八重垣さまから頼まれました」

「そうですか」

剣一郎は改めて母親に顔を向け、

「ある縁で、清太郎どのと『香木堂』の娘のお絹と知り合いました」

と、経緯を簡単に話し、

「明日、評定所において清太郎どのと白根藩水沼家の筆頭家老八重垣頼茂どのの詮議があるとのこと」

「どうして、そのことを？」

母親は驚いたようにきく。

「南町のお奉行も評定に加わりますので」

「そうですか」

母親は納得した。

「訴えの内容は、筆頭家老八重垣頼茂どのが清太郎どのを高政公のご落胤に仕立て、御家乗っ取りを企んでいるというものです」

「御家乗っ取りなどと、とんでもないことです」

「清太郎どのは高政公のご落胤に間違いないのに、なぜ江戸家老市原郡太夫どのは偽者だと言うのでしょうか」

剣一郎はあえてきいた。

「裏で糸を引いている者がいるからです」

「老中飯岡飛騨守さまですね」

「御存じですか」

母親は驚いたように言う。

「上屋敷の御留守居役の本宮弥五郎どのから伺いました。そこで私が心配しているのは背後にいる飛騨守さまが裁決に加わるからです。果たして公正な裁きが行なわれるのか。八重垣どのには勝算があってのことか」

「私は八重垣さまを信じております」

「八重垣どのにお会いしたことはあるのですか」

「昔です。まだ家督《かとく》を継ぐ前のときです」

「料理屋の女中をなさっていたときですね」

「そうです」

「八重垣どのに会いたいと本宮どのに頼んでおいたのですが、返事はありませんでした。ぜひ、お会いしたかったのですが」

剣一郎は残念そうに言う。

「詮議があるので、ゆとりがなかったのでしょう」

母親は推し量ったように言う。

「清太郎どのは『香木堂』で手代として奉公していました。それがどういう経緯で、水沼家に引き取られることになったのですか」

「家老の八重垣さまの命を受けた片岡さまが私の前に現われ、藩主高政公の世嗣《せいし》が亡くなり、世継ぎがいなくなった。ぜひ、水沼家の跡を継いでもらいたいと……。私にとっても寝耳に水でしたが、高政公のお気持ちを考えて清太郎に本当のことを話しました」

「清太郎どのは納得されたのですね」

「はい。これも運命と受け止めてくれました」

「証拠の短刀と御墨付きはずっとあなたがお持ちだったのですね」

「はい。清太郎の出生に関わるものですから大事に持っておりました。まさか、その品が物をいうときがこようとは思いもしませんでした」

「清太郎どのは白根藩水沼家の国表に発たれる前、ここでひと月ほど過ごしましたね。それはなぜですか」

剣一郎は疑問を口にした。

「清太郎ぎみに武士の作法を身につけさせるためです」

十兵衛が口を入れた。

「八重垣さまは清太郎ぎみが本物かどうかはもちろん、藩主にふさわしい人物かどうか、そのことが重要だと仰られました」

「なるほど。そのためでしたか」

「はい」

母親も頷いている。

証拠の短刀と御墨付きがある以上、母親の言を疑う余地はないようだ。

「明日の評定所のことは八重垣どのを信じて待ちましょう。事実をねじ曲げられて清太郎どのが偽者と裁定されることを私は心配しているのです。夜分、お邪魔しました」

そう言い、剣一郎は立ち上がった。

「わざわざありがとうございました」

母親は礼を言った。

「夜になると少し肌寒いですね」

夜道を歩きながら、太助が言う。

「太助」

「はい」

「清太郎の母親をどうみた？」

「ずいぶんしっかりしたお方だと思いました。お気持ちも強いのでしょうね」

「太助もそう見たか」

剣一郎は呟《つぶや》くように言った。

「母親のことで何か」

「うむ。少しな。いや、考え過ぎか」

剣一郎は自分で自分の考えを否定した。ともかく、明日だ。剣一郎は評定所の詮議に思いを馳せながら、奉行所に急いだ。夜分ながら、お奉行に会うためだった。

二

翌八月二十一日。朝六つ半（午前七時）、和田倉御門外の辰の口にある評定所に老中飯岡飛驒守が到着した。

玄関に寺社奉行、式台に勘定奉行の出迎えを受けて、飛驒守は揚々と座敷に上がった。

これから陸奥国白根藩水沼家に関わる御家騒動の詮議がはじまるが、閣老《かくろう》直裁判であり、老中が採決をする。

評定所内にある白州《しらす》は畳敷、板縁、砂利場の三段に分かれ、畳敷には飛驒守を真ん中に、町奉行、寺社奉行、勘定奉行、大目付、目付が居並ぶ。

今日の詮議に先立ち、評定所の役人である留役頭《とめやくがしら》と配下の留役らが、訴人である市原郡太夫と支藩の梅津水沼義孝の訴え、それに対する筆頭家老八重垣頼茂の言い分もすでに調べ上げていた。従って、列座の者は後継者争いのあらましは頭に入っているのだ。

いよいよ評定の調整役である留役頭が挨拶をして評定の開始を告げた。

最初の呼び出しは水沼家の江戸家老市原郡太夫である。四十歳ぐらいの恰幅《かっぷく》のよい侍が入ってきて、板縁の間に腰を下ろした。

「水沼家の江戸家老市原郡太夫でございますな」

留役頭が問う。

「さようにございます」

郡太夫は畳に手をついて答える。

「今般の訴えを書面にて受け取っておりますが、改めてここで申し述べていただきます」

留役頭は促した。

「畏《かしこ》まりました」

郡太夫は顔を上げ、一同を見まわしてからおもむろに口を開いた。

「我が水沼家は今年に入って大きな不幸に二度見舞われました。まず、この二月に世嗣高時《たかとき》さまが食中《あた》りでご逝去、続いて五月に藩主高政公が急の病で病床に臥《ふ》し、藩政を担うことが難しくなったのでございます。そこで、急いで後継者を選ぶことになったのです」

郡太夫は息を継ぎ、

「高政公には他に子がなく、支藩の梅津水沼義孝公を擁立する考えも出ました。ところが筆頭家老八重垣頼茂どのが、殿にはご落胤《らくいん》がいると突然言い出したのです。我らにとっては寝耳に水でした」

　郡太夫は間を置き、

「ご城下の『月の家』という料理屋の女中に産ませた子だということでした。あまりに突然のことであり、そのような話は誰も聞いたことがありません。八重垣どのは病床の高政公からそのことを聞いたと申しますが、高政公がそこまではっきりしたことを話せたか疑問です。しかし、八重垣どのはご落胤を見つけ出したと言い張りました。上屋敷に現われた清太郎と名乗る若者は水沼家の家紋の入った短刀と、高政公が我が子であると書かれた御墨付きを持参しておりました。そのふたつは本物であり、ご落胤に間違いないものと思いましたが、念のために江戸から探索の者を派遣し、『月の家』の女中のことを調べました。すると、意外なことがわかりました」

　郡太夫は一同を見まわし、

「若き日の高政公は確かに『月の家』のお里という女中と親しくしており、お里が身籠もったことも事実でした。そのお里は山森村の実家で子を産んでいました。その際、高政公は父子の証《あかし》として短刀と御墨付きを授《さず》けたものと思われます。ところが、お里はその後、実家を離れています」

咳ひとつせず、一同は聞き入っている。

「筆頭家老八重垣頼茂どのは、お里と子どもが江戸の浅草聖天町《しょうでんちょう》の長屋に住んでいることを突き止め、証拠となる短刀と御墨付きを持っていたとしてご落胤であることを認め、御家に引き入れました。ここまでの流れだけみれば、清太郎なる者が高政公が女中に産ませた子であることに間違いないように思えましょう。ところが、大きな嘘が隠されていたのです」

郡太夫は深呼吸をし、十分に間をとってから続けた。

「当時、『月の家』の女中だったお里はその後、江戸に出て麴町《こうじまち》にある古着屋の主人の後添いになっていたことがわかりました。その時、お里は子連れではありませんでした。つまり、本物のお里は単身で江戸に向かったのです。お里は古着屋の主人と離縁をしておりましたが、ようやく主人の居所を摑《つか》み、話を聞きました」

郡太夫は勝ち誇ったように、

「このことからして、浅草聖天町の長屋で暮らしていた母子はお里とその子ではないことは明白であります」

　座が微《かす》かにざわついた。

「では、お里が産んだ子はどうしたか。お里の実家の菩提寺である茂林寺《もりんじ》という寺の過去帳に十七年前、二歳の男の子が埋葬されたことが記されております。お里にそのことを問うと、やはり子どもは幼くして亡くなったということでした。高政公とお里の間に生まれた子は、もうこの世に存在しないのです」

　郡太夫は一同の反応に満足しながら、

「では、証拠の短刀と御墨付きはどうしたのか。お里は高政公に子どもが死んだことを伝えたときに返したと申しております。その短刀と御墨付きを八重垣どのは利用したのです。以上の理由により、八重垣どのが清太郎をご落胤に仕立て、御家乗っ取りを図ったことは明白」

　郡太夫の話が終わった。

「では、質問があればお願いいたします」

　留役頭は飛騨守に声をかけた。

　飛騨守は大きく頷き、

「老中飯岡飛騨守である」

と、威厳に満ちた声を出すと、郡太夫は平伏した。

「わしから訊ねる」

飛驒守が口を開く。

「『月の家』の女中だったお里がその後、江戸に出て麴町にある古着屋の内儀《おかみ》になったというが、まことのお里であるという証はあるのか」

「はい。古着屋の主人は後添いにするとき、お里から白根藩領の山森村の出であると聞いていました。また、子どもを亡くしたことも話していたそうです」

郡太夫は身を乗り出し、

「どうか証人として古着屋の主人を清太郎の母親に会わせてみてください。さすれば、お里ではないことがはっきりするはず」

郡太夫が訴えた。

「あいわかった」

飛驒守は大きく頷いた。

「どなたかお訊ねの儀があれば」

留役頭は陪席の奉行たちの顔を見た。

「されば」

南町奉行が口を開いた。

「証人として古着屋の主人の話を聞くのはいいが、内儀の話がほんとうであるかどうかわからない。内儀が主人にほんとうのことを話していると確かに言えるのですか」

「確かにそうではありますが、お里が主人に偽りを言う理由はありません」

「いや、ここは本人から聞かねばならぬ。内儀はよんどころない事情から素姓を隠す必要があった。そこでお里なる女の身の上を自分のものとして話した。そういうことも考えられなくはない」

座には張りつめた空気が漂っている。

「それとも他に何か事情があるのか」

南奉行は厳しい表情できく。

郡太夫は飛驒守に顔を向ける。

「主人が内儀から聞いた話とはいえ、参考になるのではないか」

飛驒守が助け船を出すように、

「確かに内儀が主人に偽りの素姓を告げたかもしれないことは否定出来ないが、その可能性は極めて低いのではないか」

と、声を張り上げて言う。

「もっともにございます。なれど、やはり直接本人からきくべきで、古着屋の主人の証言はあくまでも参考程度と解釈すべきかと」

飛騨守は何か言おうとしたが、そのまま口を閉ざした。

「他にどなたか」

留役頭は一同に確かめる。

「ないようでしたら、これにて」

郡太夫の尋問が終わり、続いて支藩の梅津水沼家の義孝が入れ代わって入ってきた。

「梅津水沼家の義孝公であらせられるな」

留役頭がきいた、

「さようでございます」

「では、訴えの趣を」

「はっ」

義孝は軽く頭を下げてから口を開いた。

「藩主高政公が病床に臥したあと、私は見舞いに駆けつけました。しかしながら、高政公はすでに言葉さえ発することが出来ず、意識もぼんやりとしているように見受けられました。医者に訊ねても、このまま寝たきりであろうという話でした。ところが」

義孝は息継ぎをし、

「筆頭家老八重垣頼茂は高政公から隠し子のことを聞き、探し出したと言いました。私は妙に思いました。高政公は言葉を発せられないはず。そのことを確かめると、八重垣頼茂はそのときだけはっきり口にしたと。俄《にわ》かに信じられないことでした。近習《きんじゅ》の者も、高政公が口をきいたことはないとのこと。医者もあり得ないと話していました。つまり、八重垣頼茂のひとり芝居だったと断じるしかありません。つまり、水沼家の危急のどさくさに御家の乗っ取りを企んだのです」

義孝はむきになって、

「ご落胤として名乗り出た清太郎に会ったとき、微かな違和感を覚えました。高政公の若き日の面影はありません。以上のことから、八重垣頼茂が何か魂胆があって、ご落胤を捏造《ねつぞう》したという結論に達したのです」

義孝は訴え終えた。

「では、尋問をお願いいたします」

留役頭が飛驒守に声をかけた。

「では、わしから訊ねる。病床に臥した高政公は満足に会話が出来る状態ではなかったと言い切れるのか」

「医者、近習の者に確かめていただければわかります。誰も高政公と会話は出来ませんでした。高政公と話が出来たのは八重垣頼茂のみ。不自然と言わざるを得ません」

「筆頭家老の八重垣頼茂とはどんな人物か」

「才知に長《た》けた有能な男です。高政公とは幼少のころより兄弟のように育ってきた仲です。高政公が家督を継ぎ藩主になってからも、ふたりの結びつきはますます強く、高政公は八重垣頼茂の言いなりだったようです。つまり、実際に藩を動かしているのは筆頭家老八重垣頼茂ではなかったかと」

義孝は眉根を寄せ、

「高政公が退き、新しい代になれば、自分が藩政を自由に出来なくなる。そう思い、御家の乗っ取りを企んだのではないかと……」

と、はっきりと口にした。

「なるほど、よくわかった」

飛騨守は大きく頷きながら言う。

「どなたか」

留役頭が一同を見渡す。

「私から」

再び、南町奉行が口を開いた。

「高政公がお倒れになったとき、当然後継者を誰にするかという議論が出たと思われますが、どなたが候補に？」

「……私です」

間があってから、義孝が答えた。

「ご落胤が見つからなかったら、家督を義孝どのが継がれることになったのですか」

南町奉行はさらにきく。

「いえ」

義孝は首を横に振る。

「まだ、他に候補が？」

「はい」

「どなたでござるか」

「じつは将軍家から養子を迎え入れるという考えがありました」

「将軍家から？　どなたか」

南町奉行は身を乗り出してきく。

「八男の家正さまです」

「家正さま……」

南町奉行は眉根を寄せ、

「つまり、水沼家の家督を継ぐ候補に、義孝どのと高政公のご落胤、そして将軍家の家正さまの三人いたということに？」

「そうです」

「で、家正さまを推しているのはどなたか」

「江戸家老の市原郡太夫です」

「すると、今回の訴えは、それぞれに利害が絡《から》んでのことでござるな」

「いえ」

「違うと仰るのか」

「はい。ご落胤として名乗り出た清太郎なる者が偽者と判明した場合でも、私が家督を継ぐことはあり得ません」

「なぜか」

「家中の者は将軍家と縁戚関係を結ぶことを望んでいるようです。おそらく、家正さまをお招きすることになろうかと」

「ちなみに、どういう経緯で、将軍家からの養子の話がもたらされたのか」

「それは……」

義孝は言いよどんだ。

「何か」

南町奉行は迫るように言う。

「老中飯岡飛驒守さまからだと聞いております」

「飛驒守さま」

南町奉行をはじめ、列座の者はいっせいに飛驒守に顔を向けた。

「わしは江戸家老市原郡太夫に請われて仲立ちをしたまで」

飛驒守は平然と言い、

「もう、よい。ご苦労であった」

と、強引に義孝に対する尋問を終えた。

「では、これまで。どうぞ、お下がりください」

留役頭は声をかけた。

義孝が下がったあと、留役頭は一同に、

「以上、訴人である江戸家老市原郡太夫どのと梅津水沼家の義孝公から訴えの内容をお聞きしました。しばしの休憩の後、筆頭家老八重垣頼茂どのの尋問に入りたく存じます」

留役頭が言い、休憩に入った。

三

八重垣頼茂は控えの間で待機していた。

江戸家老市原郡太夫に引き続き、梅津水沼家の義孝の詮議が行なわれた。ふたりが何を話したか、頼茂には想像がついた。

襖《ふすま》が開き、留役の武士が顔を出した。

「どうぞ、詮議の場に」

「うむ」

頼茂は下腹に力を込めて立ち上がった。

詮議の部屋に着座する。一礼して顔を上げると、正面に四十半ばの赤ら顔の男が座っている。老中飯岡飛驒守だ。

「水沼家筆頭家老八重垣頼茂どのでございますか」

留役頭が確かめる。

「さようでございます」

頼茂は軽く会釈をした。

「これまで、江戸家老市原郡太夫どのと梅津水沼義孝公のふたりから話を聞きました。書面にて訴えの内容を出していただいておりますが、改めてこの場で話していただきたい」

留役頭は促した。

「わかりました」

頼茂はおもむろに口を開く。

「水沼家の世嗣高時さまが食中りでご逝去されたあと、私は藩主高政公からあることを打ち明けられました」

頼茂はそこで言葉を切り、十分な間をとって、

「自分には若いころ、ある女に産ませた子がいると」

頼茂は続ける。

「高政公は若き日、城下の『月の家』という料理屋に通っておりました。そこで、お里という女中と親しくなり、やがてお里は高政公のお子を宿したと。その子には我が子である証として短刀と御墨付きを授けたとのこと」

頼茂は飛騨守の冷ややかな顔を見つめて続けた。

「高政公はその子が立派に育っていたら後継ぎとして迎え入れたいと仰《おつしや》ったのです。高政公は与助という男を母子につけました。与助が江戸にいることを高政公はわかっていたので、さっそく遣いの者を江戸にやりました。そんなときに、高政公が倒れられ病床に臥すようになったのです。その後、お里と清太郎が見つかったという知らせが入り、清太郎は凜《りん》とした若者に成長しており、母親は短刀と御墨付きを持っていたという。そこで、私は病床にいる高政公に、清太郎ぎみが見つかったことを知らせました。以上がこれまでの流れにございます」

頼茂は咳払いをして、

「母子は、証拠の短刀と御墨付きを持っていた。その証拠の品は家中の目付の調べでも本物と認定されました。我が家中で高政公のお子であることが間違いないとされたのに、なぜ評定所で詮議されなければならないのか、私には大いに疑問を覚えるところです」

と続けて、答弁を終えた。

「では、飛騨守さま」

留役頭が声をかける。

「では、わしより質問をいたす」

飛騨守は目を見開き、

「清太郎は本物だと言うのであるな」

と、問いつめるようにきいてきた。

「本物です」

頼茂は言い切る。

「『月の家』の女中だったお里はその後、江戸に出て麴町にある古着屋の内儀になったという話だが」

飛騨守は自信たっぷりに言う。

「それは違います」

頼茂は否定する。

「違う？　どう違うのか」

　飛驒守は迫った。

「清太郎の母親の話では、山森村から江戸に向かう途中、同い年ぐらいの女といっしょになったと。その女に自分の境遇を話したことがあったそうです。その女が古着屋の主人の後添いになったのではないかと推察されます。その女は、古着屋の主人に偽りの過去を話していたのではないかと」

「なぜ、自分の過去を偽らねばならぬのだ？」

「その女は男から逃げていたそうです。男の追跡を晦ますために別人になろうとしたのでしょう」

　頼茂は即座に答える。

「そうだとする証があるか」

「その女子《おなご》を問いつめればわかること。どうか、その女子を調べていただきたい」

「必要なら、そうしよう。だが……」

　飛驒守は渋い顔で続けた。

「お里の実家の菩提寺である茂林寺という寺の過去帳に十七年前、二歳の男の子が埋葬されたと記されているそうだ。高政公とお里の間に生まれた子がその男の子なのではないか」

　飛騨守は断じた。

「亡くなったのが高政公の子だとどうしてわかったのでしょうか」

　頼茂は落ち着いて反論する。

「過去帳に記載されているのだ」

「当時、飢饉《ききん》があり、村人の暮らしもたいへんでした。亡くなった者は少なくありません。幼き子も何人も犠牲になっているのです。お里は子どもを守るために江戸に向かったと言っていたそうです。その途中で古着屋の内儀になった女と出会っているのです。その女はお里の名を騙《かた》ったのです」

「清太郎の母親が本物のお里である証は何か」

　飛騨守は苛立ったようにきいた。

「拝領の短刀と御墨付きです。これこそ、すべてを語っているはずです」

「高政公が倒れられたあと、すでに言葉さえ発することもままならぬ状態だったそうではないか。それなのに、そなたは高政公から隠し子のことを聞き、探し出したと言ったそうではないか」

「初めて聞いたのは、病床ではありません。先ほど申し上げましたが、世嗣高時さまがお亡くなりになったあと聞いたのです」

「しかし、そなたは病床の高政公に話しかけ、そこで聞いたと周囲に話していた。そなたはそのことで嘘をついていたのか」

「清太郎ぎみが見つかったことを高政公にお聞かせしておりました。医者からも、理解出来ているかどうかわからなくても話しかけることは大切だと言われましたので。ただ、清太郎ぎみが見つかったと言うと、微かに瞬《まばた》きをしました。わかったのだと信じました」

頼茂はさらに続けた。

「私はその際、ご落胤のことを伝えていいかと訊ねたのです。そのときも微かに瞬きをしました。家中の者は、そこではじめてご落胤の話を聞いたと錯覚されたのでありましょう」

「そなたは世嗣の高時どのが亡くなったあとに高政公からご落胤のことを聞かされたと言うが、そのことはそなた以外に聞いた者はいるのか」

「いえ、おりません」

「では、そなたの話が真実であるとどうやって明かすのか」

「何度も申し上げますが、拝領の短刀と御墨付きを持った清太郎という若者が見つかったこと自体が、私の話が事実であることを物語っております」

「ほんとうはそなたは高政公のご落胤がとうに亡くなっていることを知っていて、偽者を創り出したのではないか」

飛騨守は強引に言う。

「とんでもない。私は高政公に言われたまま動いたまででござる。本物の清太郎ぎみが見つかったことがすべてを……」

「待て」

飛騨守は頼茂の声を制し、

「そなたの言うように、清太郎が本物か否か、それがすべてだ。そのために、清太郎の母親が本物のお里であるかどうか」

「お里も清太郎も控えております。どうか、十分なる吟味を」

頼茂は応じた。

「では、要望により、とくとふたりを吟味しようぞ」

飛騨守は口元に冷笑を浮かべた。

ふと、頼茂は冷たい風を受けたような錯覚がした。何か、飛騨守は隠しだまを用意しているのではないかという不安を覚えた。

「他にどなたか」

留役頭が問いかける。

「では」

南町奉行が口を開いた。

「一連の流れを確認しておきたい」

南町奉行はやや身を乗り出し、

「世嗣高時どのが逝去されたあと、家中において後継者に梅津水沼家の義孝どのの名が挙がっていたのであるな」

「さようでございます」

「その後、高政公からご落胤の話を聞き、さっそく探した。だが、その間、ご落胤の話は家中の誰にも話してはいなかった。間違いないな」

「はい」

「将軍家の八男家正ぎみを養子に迎える話が出たのと、ご落胤のことを知ったのとどっちが先か」

「ご落胤の話が先です。調べているときに、江戸家老市原郡太夫より八男家正ぎみを養子に迎えるという話を聞きました」

「その後、ご落胤が見つかり、病床の高政公にその話をしたということであるな」

「さようでございます。それから、ご落胤の話を家中の者にいたしました。当然ながら、当藩の目付らが改めて真偽を確かめ、清太郎ぎみを本物と判断したのです」

「最後にもうひとつ訊ねたい」

南町奉行は頼茂を見つめた。

「ご落胤が本物だったとしても、市井《しせい》の民として十八年間も生きてきた者である。いわゆる君主たる教えどころか武士としての躾《しつけ》さえ出来ていない。そんな若者に水沼家二十万石を束ねていけようか」

「仰《おお》せのとおりにございます。しかしながら、高政公の血を引いたお子であり、後見さえしっかりしていれば藩主として立派にやっていけましょう」

「その折りには、そなたが後見になるのか」

飛驒守が勝手に口をはさんだ。

「これはまだ公《おおやけ》にはしていませんが、私は晴れて清太郎ぎみが藩主に就《つ》かれたときに家老の職を辞するつもりです」

「なに、後見に就かぬと言うのか」

飛騨守は疑わしそうにきく。

「はい。隠居をする所存。御家乗っ取りを企んでいるなどと謂《いわ》れなき邪推をされておりますが、私は当初よりそのつもりでおりました」

「では、誰を後見にするつもりか」

南町奉行がきいた。

「支藩である梅津水沼家の義孝公がふさわしいかと思っております」

頼茂ははっきり言ってから、

「ついでながら申し上げれば、清太郎ぎみが藩主に就かれたあとにおいても、やはりその器にあらずということがわかれば、私の責任において藩主の座を退いてもらうつもりでおります」

「まるで、ご落胤が本物であることを前提に話しているようだが、まだ真偽はわからぬ。いや、偽者である疑惑は増しているとわしは見ている」

飛騨守は列座の奉行たちに聞かせるように言い、

「今のそなたの発言は、追い詰められたことで苦し紛《まぎ》れに考え出した言い訳ではないのか」

　と、決めつけるようにきいた。

「決してそうではありません」

「そうではないという証はあるのか」

「あります」

「なにか」

「後見の話は義孝公に話してあります」

「なに？　しかし、義孝公はそなたを訴えているではないか」

「そのことは私も理解出来ませんが」

　頼茂は俯いて答えた。

「この件はあとで義孝公に確かめる」

　飛驒守は憤然と言った。

「他にどなたか」

　留役頭が確かめたが、誰も口を開こうとしなかった。

　頼茂は気づいていた。皆、飛驒守が将軍家の八男家正ぎみを水沼家に養子に出したいということを知っているのだ。飛驒守に忖度《そんたく》してよけいな口出しをしないようにしている。ただ、南町奉行だけは問いかけをしてきた。飛驒守に遠慮をしていないようだ。

「では、八重垣どの、お下がりください」

留役頭が頼茂に声をかけた。

頼茂は低頭して下がった。

控えの間に戻った。このあと、清太郎と母親が呼ばれる。飛驒守に何か奥の手があるような気がし、再び不安に襲われた。

清太郎は母親とともに評定所の砂利場に座った。

見上げた奥の畳敷の中央にいるのが老中の飛驒守だろう。両脇にそれぞれいかめしい武士が並んでいた。手前の板縁が空いているのは、ご家老たちはそこに着座させられたのだろう。庶民である清太郎と母は砂利場だ。

留役頭の侍がまず母に問いかけた。

「名を名乗られよ」

「里です」

「在所は?」

「白根藩領山森村にございます」

「次に、そなたの名を」

留役頭は清太郎に顔を向けた。

「清太郎です」

「お里との関係は？」

「里は私の母でございます」

「では、私からふたりにいろいろ問いかけていく。すべて正直に答えるように。もし、話したことが嘘だとわかった場合、きついお咎《とが》めがある。よろしいな」

留役頭は確かめてから、

「お里に問う。清太郎の父親はだれであるか」

「はい。白根藩水沼家の若君だった高政公にございます」

「高政公とはどこで出会ったのだ？」

「ご城下の立花町にある『月の家』という料理屋でございます。女中とお客さまという関係で知り合いました」

「そのとき、相手の素姓を知っていたのか」

「いいえ、まったく知りませんでした」

「身籠もったことを伝えたときです。まさか、ご城主の若君だったとは思いもしませんでした」

「いつ知ったのか」

「で、その後、どうしたのか」

「実家に帰って、この子を産みました。清太郎と名付けました。そのことを知った若君は実家までこられて、清太郎を抱き抱えてくれました。ですが、お屋敷に引き取るわけにはいかず、我が子である証に短刀と御墨付きを賜りました」

「江戸に出たのはなぜだ？」

「当時、村は飢饉で食糧もなく、赤子も育てられずに何人も亡くなっていました。それで、若君がつけてくれた与助さんといっしょに江戸に向かったのです。それに、村に長くいると、父親のことをあれこれ詮索される可能性があります。清太郎のことが世間に知れたら、御家に迷惑がかかるかもしれないと思ったことも実家を離れた理由です」

「清太郎には父親のことを話したのか」

「父は死んだと」

「なぜだ？」

「清太郎は武士ではなく市井の民として育てていくつもりでした」

「ならば、なぜ、短刀と御墨付きを大事に持っていたのだ？」

「清太郎と父親との絆《きずな》の品だからです。もし、いつか清太郎が壁にぶち当たったり、生きていく自信をなくしたりしたら、父親のことを話すつもりでした」

「名乗って出るということか」

「いえ、ただ自分の出生に自信を持ってもらうためだけです。ところが、突然、水沼家の方が私の前に現われ、高政公がお倒れになったと……」

母は声を詰まらせた。

「山森村の実家でお里のことを調べたところ、お里が産んだ子は二歳のときに病死し、村の寺に埋葬された。その後、お里は江戸に出て、麹町にある古着屋の主人の後添いになったと」

「それは別人です」

母は毅然と言う。

「しかし、古着屋の内儀だった女は、主人には白根藩領山森村のお里で、城下の立花町の『月の家』で女中をしていたと話していたようだ。すべて、お里の素姓と一致する」

「ひょっとして」

母は思い出したように、

「江戸に来る道中、私と同い年ぐらいの女のひとといっしょになりました。なんでも、大酒飲みの亭主から逃げてきたのだと。ひとり旅で心細いのでいっしょさせてくれと言われ、同道しました。その女のひとに私のことを話したことがあります。亭主から逃れるために、私の名を使ったのかもしれません」

「その女の名を覚えているか」

「確か、おそのさんだったと」

「その女になぜ素姓を話したのだ?」

「旅先でもあり、ともに辛い状況でしたのでお互いを励ますような気持ちになっていたのだと思います」

「子どもの父親のことも話したのか」

「ほんとうのことは話していません。水沼家の馬廻り役だと話しました」

「あくまでも、そなたは山森村のお里だと言うのだな」

「はい」

「清太郎どの」

留役頭は清太郎に声をかけた。

「そなたは自分の父親が白根藩藩主の高政公であることを知っていたか」

「最近まで知りませんでした」

「自分が武士の子であるとは思ったことはござるか」

「はっきり聞いたことはありませんが、武士だったかもしれないとは思っていました」

「なぜか」

「母の厳しい躾は、父に恥ずかしくない男に育てようとしているのではないかと思ったことがありました」

「そのことを母親に訊ねなかったのか」

「はい。母を苦しめるようなことになると思いまして」

「出生の秘密を知らされる前まで、母親が短刀と御墨付きを持っていることを知っていたか」

「知りませんでした」

「高政公とは対面されたか」

「はい、お会いしました。言葉を交わすことは出来ませんでしたが、感慨深く、胸が熱くなりました」

「あいわかった」

留役頭は切り上げ、

「これへ」

と、白州に立っている役人に告げた。

やがて、役人が四十歳ぐらいの女を連れてきた。色白で目鼻だちが整っている。

女は少し離れた場所に腰を下ろした。

四

女は臆することなく、堂々としていた。何者かと、清太郎は訝った。

「そなたの名を？」

留役頭が確かめる。

「はい。里にございます」

「住まいは？」

「白根藩領内の山森村でございます」

清太郎ははっとし、思わず母の顔を見た。母は毅然《きぜん》としていた。

「そなたは二十年ほど前、城下の立花町にある『月の家』という料理屋に勤めていたか」

「はい」

「そこである武士と知り合い、その武士の子を身籠もったことは？」

「あります」

「その子どもはどうした？」

「山森村の実家で産みましたが、亡くなりました」

「父親である武士の名は？」

「藩主の高政公であらせられます」

清太郎は呆気《あっけ》にとられた。

「高政公だという証はあるか」

「はい、短刀と御墨付きを頂戴しました」

「その品はどうした？」

「子どもが亡くなったあと、高政公にお返しいたしました」

女はよどみなく答える。

清太郎は啞然《あぜん》としてきいていた。

「その後、そなたは江戸に出たそうだが」

留役頭は続けた。

「はい。麴町にある料理屋で働いているときに、古着屋の主人に見初められて後添いに入りました」

「もう一度訊ねる。そなたが、藩主高政公の子を産んだお里であるな」

「はい。さようにございます」

「横を見られよ。そこの女子に見覚えはあるか」

女は母に顔を向けた。

「いえ、知りません」

女は答える。

「その者は山森村出身のお里と名乗っている。立花町の『月の家』にいて、高政公の子を身籠もったと話している」

「どうして私の素姓を……」

女は呆《あき》れたような顔をした。

「なんと不思議なことであることか。まったく素姓の同じお里がふたりいる」

留役頭が困惑したように言い、

「どちらかが偽りを申しているのだ。それはどちらだ？」

と、ふたりを交互に見た。

「失礼でございますが、そのお方は麹町にある古着屋の内儀だったそうですね。ほんとうに、古着屋の内儀かどうか、その店のご主人にお顔を改めてもらってくださいませんか」

母が訴えた。

「私が本物のお里です」

女はいきりたって言う。

「そんなはずはありません」

母は毅然として言い放ち、

「私からそのお方に問いかけをしてもよろしいでしょうか」

と、訴えた。

「許す」

留役頭が頷く。

「ありがとうございます」

母は頭を下げてから、

「あなたにお訊ねいたします。高政公と親しくしていたと仰るのなら、高政公にはあるところに黒子《ほくろ》がありました。そこはどこでしょうか。もうひとつ、証になる短刀と御墨付きをいただいたのなら、その短刀の銘《めい》は何か、また御墨付きの内容をご披露くださいませぬか」

と、鋭く問うた。

「さあ、どうぞ」

「それは……」

女は戸惑《とまど》っている。

「いかがいたした？」

留役頭が声をかける。

「もう古いことなので忘れました」

「忘れた？　あなたにとっては大きな出来事だったはずです。子まで生《な》した相手のお方の黒子の位置も忘れたと言うのですか」

さらに母は畳みかけた。

「短刀と御墨付きについても、あなたは二年間は持っていたはず。短刀の銘も御墨付きの内容も何もわからないのですか」

「………」

「恐れながら申し上げます。どうか、このお方は私が江戸に向かう途中で同道したおそのさんではありません。古着屋のご主人に顔を改めてもらっていただけませんか。そうすれば、ほんとうかどうかわかります。もしかすると、古着屋の元内儀というのも嘘かもしれません」

留役頭は飛驒守や奉行のほうに目をやった。何やら言葉が交わされて、留役頭がこちらに顔を向けた。

「それでは、これから古着屋の主人を呼びにやる」

「お待ちください」

女があわてて、

「気まずい思いで別れた主人と顔を合わせたくありません」

と、声を震わせた。

「しかし、そなたがほんとうに古着屋の内儀だった女かどうか……」

「よい。そのことはまた後日に」

飛騨守が口を入れた。

「どうか、この場にて」

母は訴える。

「黙れ。後日だ」

飛騨守は語気を強めた。

「では、日を改めて詮議を行なう。下がってよい」

清太郎と母は控えの間に戻った。


再び、八重垣頼茂は評定の座敷に呼ばれた。すでに義孝が着座していた。

「先の詮議において、八重垣どのは晴れて清太郎ぎみが藩主に就かれたときに家老職を辞するつもりだと答えた」

留役頭が口を開いた。

「清太郎ぎみの後見を梅津水沼家の義孝公にお願いするとも述べた。さらに、清太郎ぎみが藩主に就かれたあとにおいても、その器にあらずということがわかれば、藩主の座を退いてもらうつもりだと申した。間違いはないでござるな」

「そのとおりでございます」

「して、その考えを、義孝公にも話してあるとのこと」

「はい」

「そこで、義孝公にお訊ねいたす。八重垣どのからそのような話を聞いたかどうか」

留役頭はきいた。

「お聞きしました」

義孝は答えた。

「聞いた内容を話していただきましょう」

「まさに今仰ったとおり、清太郎ぎみが藩主に就かれたあと、私は家老職を辞するつもりですと。後見は私にお願いしたいと」

義孝は続ける。

「さらに、後見をしていて、やはり水沼家二十万石を率いる器にないと判断されたら、私の責任で清太郎ぎみを降ろすと」

「その言葉を義孝公は信じたのでござるか」

「最初は信じました」

「最初は？」

「はい。じつはその後に、江戸家老市原郡太夫より使いが来て、清太郎ぎみが偽者だとわかった。八重垣どのは御家乗っ取りを企んでいる。ついては老中に訴え出る。私にも訴えを出して欲しいと」

「市原郡太夫どのの言い分を信じたのでござるか」

「いえ、どちらを信じていいかわかりませんでした。ただ、私の心を動かしたのは……」

義孝は言葉を切った。

「何か」

留役頭が先を促す。

「はっ。飛騨守さまも清太郎ぎみは偽者だと疑っている。評定所の詮議では飛騨守さまが裁決を下すのだから、清太郎ぎみが偽者だと断じられることに間違いない。そう言われ、訴えを起こす気になったのです」

飛騨守が何かを言おうとして口を閉ざした。憤然たる顔だ。

「私から」

南町奉行が口を入れた。

「今のお話では、まるで清太郎ぎみが本物であっても、飛騨守さまが偽者だという裁決を下すように受け取れる。どうなのですか」

「…………」

「いかがですか」

「私はそう受け取りました」

義孝は息を吸い込んで思い切り吐きながら言った。

「無礼ではないか」

飛驒守が怒りを見せた。

「なぜ、そのように思ったのでしょうか」

「飛驒守さまの前では思うように話せません」

義孝は眉根を寄せて言う。

「構わぬ。わしのことなど気にせず、話すのだ」

「飛驒守さまもあのように仰っておいでです。存念をお聞かせを」

留役頭が催促をする。

「されば」

義孝は一同を見まわして口を開いた。

「これは飛驒守のことより……」

「お待ちを」

頼茂は大きな声で口をはさんだ。

「恐れながら、義孝公のお気持ちになって、私からお答えさせていただきたいのですが」

「なぜだ？」

「この場で発言したことで、義孝公に災いが降り掛かることを恐れます。その点、私は隠居をする身。怖いものはございません」

「よろしいのではござらんか」

南町奉行が一座の者を納得させるように言った。反対意見はなかった。ここでも、南町奉行が助け船を出してくれた。

頼茂は南町奉行に目顔で礼を言い、

「それでは、私なりの解釈をお話しいたします」

と、軽く咳払いをして切りだした。

「飛驒守さまはなんとしてでも将軍家の八男家正ぎみを水沼家に送り出したいという強いお気持ちがあったのでしょう。このことは義孝公だけでなく、私も同じ思いを抱きました」

「なぜ、そう思うのか」

南町奉行がきく。

「ここは評定所であり、真実を明らかにする場と心得、将軍家に対する無礼な発言を許されることを願います」

「もちろんだ。この場での発言によってお咎《とが》めを被《こうむ》ることがあっては、誰もほんとうのことを喋《しゃべ》らなくなる。遠慮せず、話されよ」

南町奉行が背中を押した。

「はっ。じつは問題は家正ぎみでございます。家正ぎみの噂《うわさ》を漏《も》れ聞くに、冷酷非情なお方であり、自分勝手な振る舞いが多く、とうていひとの上に立つ器ではないと」

一同が驚きの反応を見せたのは家正の気性に対してではなく、頼茂が堂々と家正の批判を口にしたことに対してであろう。

「そのようなお方を受け入れる大名家はおいそれと見つからず、そんなときに水沼家で後継者問題が起きた。そこで、飛騨守さまは水沼家に家正ぎみを養子として出そうと考えた。どこにも引き取り手がない家正ぎみにとって養子になれるのは水沼家が最後の機会。だから、飛騨守さまは江戸家老市原郡太夫と手を結び、強引に推し進めることをお考えになったものと推察いたしました」

「ばかな」

飛騨守が吐き捨てた。

「そのためには手段を選ばない。その表われが、この評定所での詮議。ふつうであれば、我が家中で本物のご落胤と認定された清太郎ぎみに対して、偽者だと訴えるなど考えられないことです。それよりもっと大事な点は、利害に絡む飛騨守さまが詮議に臨んだことです。これをもってしても、どんな手を使ってでも清太郎ぎみを偽者とし、家正ぎみを水沼家に……」

「無礼だ」

飛騨守が怒鳴《どな》った。

「恐れいります」

頼茂は平伏した頭をすぐ上げ、

「ただ、今申し上げましたのは事実がそうだというわけではなく、私が勝手にそう想像したというだけでございます」

頼茂は言い訳をしたが、狙いは列座の奉行たちに飛騨守の企みを訴えることだった。

「よいか。はっきり言っておく。江戸家老市原郡太夫の言い分には、十分に信憑性があったことから今日の詮議になったのだ」

「しかし、飛騨守さまと市原郡太夫が手を握っているのであれば、公正な裁きを疑わざるを得ません」

「御家乗っ取りを企む佞臣《ねいしん》が何を言うか」

「飛騨守さま」

留役頭が興奮した飛騨守を制止しようとした。

「よいか。清太郎の母親がほんとうに『月の家』にいたお里であるか。それを確かめるために、白根藩領山森村からお里の兄、そして『月の家』の女将を江戸に呼び寄せ、顔を改めさせる。それまで詮議は延期だ」

飛騨守は叫ぶように言った。

「終えてよろしいでしょうか」

留役頭が確かめる。

「終わりだ」

飛騨守は憤然と言った。

「わかりました」

留役頭は素直に応じ、

「では、本日の詮議はこれまでとする」

と、告げた。

頼茂は義孝と軽く目を合わせて立ち上がった。

五

夕方、奉行所にて、剣一郎は宇野清左衛門とともにお奉行と向かい合った。お奉行の横で、長谷川四郎兵衛が剣一郎と清左衛門に睨みをきかせている。

お奉行は本日の評定所での様子を語ったあと、

「筆頭家老八重垣頼茂という男はなかなかの人物だ。老中の飛騨守さまを圧倒していた」

と、印象を述べた。

「で、他のお奉行方の反応はいかがでしたか」

「飛騨守さまの根回しがきいていたのか、最初から飛騨守さまに遠慮をしている様子であった。もっともわしとて、そなたから忠告を受けていなければ口を閉ざしたままだったに違いないが」

お奉行は剣一郎に言う。

この訴えの背景に、飛騨守が将軍家の八男家正ぎみを水沼家の養子に推しているという事実があることを、剣一郎はお奉行に話しておいた。

利害関係のある飛騨守が詮議に加わるのは、公正さに欠けると剣一郎は指摘したのだ。

「驚いたのは、清太郎の母親だ。本物のお里だという女が現われても、一歩も怯《ひる》むことなく相手をやりこめた」

「そうですか。それほど肝が据わっておりましたか」

剣一郎は毅然とした母親の姿を思いだした。

「次回、白根藩領山森村からお里の兄、そして『月の家』の女将を江戸に呼び寄せ、お里の顔を改めさせることになった。これで、決着がつくであろう」

お奉行は言ってから、

「八重垣どのは、晴れて清太郎ぎみが藩主に就かれたときには家老職を辞するつもりだそうだ」

「家老職を辞する？」

剣一郎はきき返した。

「そうだ。清太郎ぎみの後見を梅津水沼家の義孝公にお願いすると言う。さらに、清太郎ぎみが藩主に就かれたあとにおいても、その器にあらずということがわかれば、藩主の座を退いてもらうつもりだと申した」

「それはまことですか。御家乗っ取りを企んだという疑いを逸《そ》らすための方便とは考えられないでしょうか」

「いや、事前に義孝公にはそのように話していたそうだ」

「そうですか」

剣一郎は微かに何かが見えてきたような気がした。

「お話を伺うと、八重垣頼茂どのはなかなか才知に長《た》けたお方のようです」

「どういうことだ」

「もし八重垣どのが御家乗っ取りを企んで偽《にせ》の清太郎ぎみを仕立てたのなら、当然『月の家』の女将が証人として呼ばれることを予想していたのではないでしょうか」

剣一郎は疑問を呈《てい》する。

「すると？」

「その場合、八重垣どのは『月の家』の女将に嘘の証言を頼んでいるのではないでしょうか」

「『月の家』の女将は八重垣どのの頼みを聞きいれるか」

「はい。ふたりは昔からの知り合いだそうです。八重垣どのも高政公といっしょに『月の家』に遊びに行っていたそうですから」

さらに、剣一郎は続ける。

「それに、将軍家から養子をもらい、家正ぎみが水沼家を継いだら、領地替えの可能性が高くなります。家正ぎみは気候温暖な伊勢国を望んでいるのです。『月の家』の女将は水沼家が出ていくことを望んでいないのではないか。そうなれば、八重垣どのの依頼を聞きいれて」

「清太郎の母親を本物のお里だと証言するか」

「はい。もちろん、本物のお里であれば当然、そのとおり口にするでしょう」

「つまり、『月の家』の女将の証言があっても、清太郎の母親が本物であるかどうかは別だということか」

「ただし、お里の兄については八重垣どのは計算していたかどうか」

剣一郎は首をひねったが、そのことであわてふためく八重垣頼茂ではないようまには慮《おもんぱか》って付度《そんたく》な気がした。

「お奉行は今日の詮議の結果をどう思われますか」

「八重垣どののほうに分が有る。なれど、問題は飛驒守さまだ。飛驒守さまには大義名分があるのだ。自分の利益のためというより、家正ぎみの身を慮《おもんぱか》っての行動だと。そのことを他の奉行や大目付もわかっている。飛驒守さまへの忖度《そんたく》というより、将軍家を慮って判断を下すような気がしてならない」

「それは、清太郎ぎみが本物のご落胤であったとしても偽者とみなす。つまり、市原郡太夫の訴えどおり、八重垣頼茂どのは御家乗っ取りを企んだ佞臣とするということですね」

「うむ」

お奉行は顔をしかめた。

「そうだとしたら由々しきこと」

剣一郎は思わず大きな声を出した。

「評定所で偏向した裁きが行なわれることなどあってはならない。いったん、歪んだ裁決を許したら、これが前例となり、この先、恣意《しい》に満ちた裁決が下されるようになり、やがて法の秩序は崩壊し、人心は乱れ……」

「青柳どの」

四郎兵衛が口をはさんだ。

「お奉行ひとりではどうにもならぬ」

「いえ、法を守るために力を尽くすべきです。北町奉行、寺社奉行、勘定奉行、大目付、目付どのにひとりずつ会い、無用な忖度をせぬように説き伏せるべきかと」

「無理だ。わしがこの時期に他の方々と個々にお会いすれば、それこそわしが不正を持ち掛けたと邪推されかねぬ」

お奉行は答える。

「では、このままと？」

「他の方々の良心に任せるしかない」

「飛驒守さまは家正ぎみの処遇に困り、水沼家に押しつけようとしているのです。評判のよいお方なら歓迎されましょうが、そうではありません」

「しかし、江戸家老市原郡太夫をはじめ、将軍家と縁戚を望む家臣も多いと聞く」

お奉行は弁明するように言う。

「もし、お奉行がひとりだけ、皆さまと違う裁決を強硬に主張したら、きっと飛驒守さまはお奉行に報復を考えるに違いない」

四郎兵衛はうろたえたように、

「ここはよけいな真似はせぬほうが賢明かと」

と、訴えた。

「長谷川どの。それでもあなたは奉行所の一員なのか」

宇野清左衛門が怒鳴り声を発した。

「奉行所は法を守り、そのことをもって江戸の衆の命と安全を……」

「宇野どの」

四郎兵衛は清左衛門の言葉を遮《さえぎ》った。

「飛驒守さまに逆らって、南町奉行職を解かれたら元も子もない」

「御家乗っ取りを企んだとされたら、八重垣どのも清太郎ぎみも死罪は免れません。お奉行」

剣一郎は身を乗り出して訴える。

「もしふたりを死なせたら、評定所の権威は崩壊します」

「清太郎が偽者である可能性だってある」

四郎兵衛が顔をしかめて言う。

「力の及ぶ限り、頑張ってみるとしか言えぬ」

お奉行は苦渋に満ちた顔で言った。

剣一郎は清左衛門とともにお奉行の用部屋から引き上げ、年番方与力の部屋に戻った。

「お歴々方も結局自己保身しか考えていないようですね」

剣一郎はやりきれない思いで言う。

「そうよな」

清左衛門も溜め息をつき、

「もう、手の下しようもないか」

と、憤然となった。

「ひとつあります」

剣一郎は悲壮な覚悟で言う。

「何か」

「飛騨守さまの下屋敷で行なわれていた浪人殺しの真相と思える果たし合いで

す。広敷用人だった黒川富之助が飛騨守さまの下屋敷でなぜ浪人たちと立ち合わねばならなかったのか。新兵衛が見た頭巾《ずきん》をかぶった侍。飛騨守さまに縁《ゆかり》の者でしょう。あの侍が何者で、なんのために闘ったのか。そのことは、飛騨守さまの弱みかもしれません」

「うむ。黒川富之助は下屋敷にて、新兵衛との闘いで受けた傷の手当てをしているようだ。だが、お屋敷に問い合わせたが、否定された」

「思いきって下屋敷に忍んでみようかと」

「万が一、見つかったら大事になる。飛騨守さまは大騒ぎをするだろう。それこそ、お奉行の進退問題にも波及しよう。こんなこと、長谷川どのが知ったら血相を変えて猛反対しよう」

「そうですね」

「しかし、見つからなければ何ら問題はない」

清左衛門は不敵に笑った。

剣一郎も頷いた。

翌日、剣一郎は太助とともに下谷の練塀小路に行った。

黒川富之助の屋敷の木戸門を入り、玄関の前に立った。

「ごめん」

剣一郎は呼びかけた。

先日応対に出てきた若党らしい男が現われた。

「黒川どのはいらっしゃるか」

「いえ、まだ」

「ご妻女どのにお会いできませぬか」

「でも」

「黒川どののことで大事なお話が」

「少々お待ち下さい」

若党は奥に引っ込んだ。

しばらく待たされて、若党がやってきた。

「お会いなさるそうです。どうぞ」

剣一郎は刀を外して式台に上がった。太助が剣一郎の脱いだ草履《ぞうり》を手にして玄関の外に出た。

刀を若党に預け、玄関脇にある客間に通された。

待つほどのこともなく、二十七、八歳ぐらいの妻女がやってきた。蒼白い顔で、痩せているが、しっかりした動きだった。

「南町奉行所与力青柳剣一郎と申します」

剣一郎は挨拶をし、

「黒川富之助どののご妻女どのですね」

と、確かめた。

「はい」

「お体のほうは、もうよろしいのですか」

「はい。ようやく起きられるようになりました」

「それはよございました。黒川どのとは松元朴善先生のところでお会いしました。ご妻女どのの薬をもらいにいらして」

「そうでしたか」

「ところで、黒川どのは今どちらに？」

「どのような御用でございましょうか」

「黒川どのがなぜ怪我《けが》をされたのか、御存じでしょうか」

「いえ」

妻女は不安そうに、

「何があったのでしょうか」

と、きいた。

「怪我をされた黒川どのとはお会いになっていないのですね」

「はい」

「黒川どのは今どちらで養生しているのでしょうか」

剣一郎はもう一度きく。

「知りません。使いのひとがやってきて、怪我をしてある場所で養生している。十日ほどで帰れるという言伝《ことづて》を」

「そうですか」

ほんとうに居場所を知らないのか、それとも隠しているのか。

「黒川どのは以前は大奥の警護をなさっていたようですが、今はどのようなお役を？」

「さあ、聞いたような気もしますが」

妻女は曖昧《あいまい》に答える。

「黒川どのと親しいお方を教えていただけませんか」

「いったい、何があったのでしょうか」

妻女はもう一度きいた。

「ある事件のことを御存じかもしれないので、お話をお伺いしたいと思ったのです」

「事件とは?」

「いえ、たいした事件ではないので」

「青柳さまがわざわざお訪ねになったというのは、重大な事件だからでは?」

妻女は真剣な眼差しを向けた。

「まだ、はっきり関わりがあるかどうかもわかりませんので」

剣一郎は言葉を濁した。

「私は心ノ臓の病に罹《かか》り、高価な薬が必要になったのです。そのために、黒川は何かをしているようでした」

妻女は眉根を寄せ、

「ひょっとして薬代を稼《かせ》ぐために何か悪いことを……」

と、言葉を詰まらせた。

「教えてください。いったい何があったのでしょうか」

「その前に、黒川どのはどうして怪我をなさったか御存じですか」

「斬られたそうですね」

「ええ、ある浪人と立ち合い、相討ちになったのです。浪人のほうも今、養生をしています」

「立ち合い？」

「そうです。立ち合い相手の浪人は黒川どのと何ら縁のない者なのです。なぜ、立ち合わねばならなかったのか。そのわけをお訊ねしたかったのです」

「黒川に何か罪が？」

「じつは立会人もいて、両者が納得しての果たし合いで、相手が死んでいるわけでもなく罪に問えるようなことではありません。ただ……」

　剣一郎はあとの言葉を濁した。

　これまで五人の浪人は死んでいると言おうとしたが、妻女には言えなかった。

「ただ、なんでしょうか」

　妻女は続きを促した。

「ええ。立会人が誰か、そのことも知りたいのです」

「立会人……」

妻女は呟く。

「心当たりがおありですか」

「いえ、ありません」

妻女はあわてて首を横に振った。心当たりがあるのではないかと思い、剣一郎はあえて口にした。

「立会人は若い武士だそうです。頭巾で顔を隠していたそうです」

「…………」

妻女は俯《うつむ》いたまま黙っていたが、ふいに顔を上げ、

「立ち合いはお金のためでしょう。私の薬代はかなりかかったはずです。そのお金のために立ち合ったのに違いありません」

「そうだとしたら、今までも何人かと立ち合ってきたということになりますね」

「黒川は剣の腕は立ったようです。大奥の警護の侍の中でも一番強かったそうです。もし今までも立ち合ってきたとしたら、ずっと勝ってきたということになりますね」

「ええ」

「相手はどうなったのでしょうか。怪我で済んだのでしょうか」

「果たし合いですから、強い相手だったと思います。強い者同士で闘えば今回のように相討ちか、あるいは命を落としたでしょう」

「そうですか」

妻女は俯いた。

果たし合いのことは薄々気づいていたのではないかと思った。黒川富之助は浪人を斬ったあとは昂《たかぶ》った気持ちのまま屋敷に帰ってきたに違いない。その昂りを、妻女は病床にいて気づいたのではないか。

「黒川どのは」

剣一郎は口を開いた。

「老中飯岡飛驒守さまとはどのような繫《つな》がりがあるか御存じですか」

「飛驒守さまが自分の剣の腕を認めてくださったと言っていたことがあります」

「それはいつごろのことですか」

「三年ぐらい前でした」

「三年前？　ひょっとしたら、そのころに大奥の警護から離れたのでは？」

「そうです。それまでは当直勤務もありましたが、三年前から日勤だけになりました。でも、最近は夜遅く帰ってくる日が何度か」

夜の遅い帰宅は浪人たちと立ち合った日ではないか。

「黒川どのが怪我をしたと伝えに来たのは飛騨守さまのご家来では?」

剣一郎は確かめた。

「……はい」

妻女はやっと認めた。

やはり、黒川富之助は霊岸島の下屋敷にいると確信した。

第八章　桔梗《ききょう》の咲くころ

一

翌日、八重垣頼茂は橋場の願山寺をひそかに訪れた。

十兵衛が迎えに出て、客殿の奥の部屋に案内した。すでに、そこに清太郎と母親が待っていた。上屋敷では勝一郎が清太郎になりきり、周囲の者を完璧に欺《あざむ》いている。

頼茂はふたりの前に腰を下ろすなり、

「久しぶりだ」

と、清太郎の母親に声をかけた。十数年ぶりだ。目尻に皺《しわ》が見えるが、凛《りん》とした姿は若いころと同じだ。

「お久しぶりにございます」

清太郎の母親は頭を下げた。

「そなたも変わらぬな」

「……ご家老さまも」

一瞬間があったのは、若き日の名を口にしようとしたのかもしれない。

「高政公といっしょに『月の家』に遊びに行っていたときのことが昨日のように蘇《よみがえ》る」

頼茂は目を細めた。

「高政公はいかがでございましょうか」

清太郎の母親はきいた。

「快癒は難しい。いや、無理であろう」

「…………」

「だが、寝たきりであったとしても、もっと長生きしてもらいたい」

頼茂はしんみり言い、清太郎に目を向け、

「よくぞ、ここまで立派な若者に育て上げた」

と、讃《たた》えた。

「いえ、そんな」

「出来ることなら、このような騒ぎにふたりを巻き込みたくなかった。だが、水沼家を守るためにはそなたたちの助けが必要だった」

頼茂は真情を吐露《とろ》した。

「話を聞いたとき、私はご家老をお恨《うら》みいたしました。清太郎にはふつうの暮らしをさせたいと思っておりましたから」

「それも承知の上だった。飛驒守さまが乗り出してさえこなければ、わしもふたりをそっとしておいたであろう。止むを得ないこととはいえ、ふたりにはすまないことをしたと思っている」

「これも定めと自分に言い聞かせました」

「私も最初は反発しましたが、定めだという母の覚悟を知り、仰《おお》せのように……」

清太郎は爽《さわ》やかに言う。

「ふたりともよく頑張った」

頼茂は労《ねぎら》いの言葉をかけ、

「どんなことになろうと、私はふたりを守るつもりだ」

と、厳しい顔で言った。

「正義は我らにあります。評定所の様子でもそれははっきりしていると思われますが」

清太郎が気負い込んで言う。

「うむ。お里の偽者を出してきたり、敵はなりふり構わぬようだ。公平な裁きが行なわれれば我らが勝つであろう。だが……」

頼茂は顔をしかめ、

「陪席の奉行たちの中で、真実を見極めようとしているのは南町奉行だけだった。他の奉行たちは皆、飛驒守さまと同じ考えのようだ。家正ぎみを水沼家に押しつけたいのだ」

「真実をねじ曲げてでも?」

「その公算が高い」

「そんな」

清太郎は信じられないような顔をした。

「清太郎は偽者で、ご家老は御家乗っ取りを企《たくら》んだという裁決になるのでございますか」

母親が怒りを含んだ声できく。

「残念ながら」

「でも、南町のお奉行さまはちゃんと判断されるのではありませんか」

「南町奉行は事態をよく呑み込んでいらっしゃる。そのことについては、南町奉行には感謝をしている」

「おそらく、与力の青柳さまのお力かと」

「青柳さま？」

「はい。清太郎を助けてくださったお方です。先日、私に会いに来て話を聞いてくださいました」

　母親は青柳剣一郎の話をした。

「そうであったか。青柳どのが……」

　留守居役の本宮弥五郎から言伝を聞いたが、残念ながら会う機会を持てなかった。

「しかし、南町奉行おひとりでは飛驒守さまの考えを止められぬ。飛驒守さまだけの考えなら恐ろしくはなかったが、こと将軍家が絡《から》んでいる。将軍家にとって何がよいか。おそらく南町奉行以外の方々はその考えで裁決をするはずだ」

「我らの負けということですか」

　清太郎が信じられないように言う。

「うむ」

頼茂は厳しい顔で頷《うなず》く。

「もし、そうなったらご家老さまはどうなるのですか。清太郎は？」

母親は切羽詰《つ》まったようにきく。

「事実をねじ曲げて、偽りの裁決をしたら、陪席の奉行たちは良心の呵責《かしやく》を抱くはずだ。その良心の呵責に訴える」

「と仰《おつしや》いますと？」

「誤った裁決を受け入れる代わりに、そなたらふたりにお咎《とが》めがないように訴える」

「ご家老さまは？」

「私のことなら心配ない。いずれにせよ隠居は確実だろうが」

「条件を呑むでしょうか」

「呑まざるを得ないはずだ」

頼茂は言ったが、万が一のときは、評定所にて腹を切るつもりだ。真実をねじ曲げ、家正ぎみを水沼家に押しつける裁決に対して、残された対抗手段はそれしかなかった。

「だが、今のは取り越し苦労かもしれぬ」

頼茂は表情を和《やわ》らげて言った。

「今度、白根から『月の家』の女将《おかみ》とお里の兄が江戸に到着する。そこで、すべてがはっきりする」

「………」

清太郎の母親は不安そうな顔をした。

「心配いたすな。私に任せておくのだ」

頼茂は安心させるように言う。

「はい」

「きょうは顔を見に来ただけだ。すべてが終わったら、ゆっくり会おう」

そう言い、頼茂は立ち上がった。

「私は母といっしょにおります」

清太郎は上屋敷に戻らないと言った。

「いいだろう。十兵衛」

頼茂は十兵衛を呼んだ。

「はっ」

十兵衛が近寄った。

「ふたりを頼んだ」

「お任せを」

頼茂は願山寺を出て、橋場の船着場から舟で鉄砲洲の水沼家の上屋敷に帰った。


頼茂が引き上げたあと、母は茫然としていた。

「母上、どうかなさいましたか」

清太郎が訝《いぶか》ってきいた。

「あのお方は死ぬつもりです」

「でも、まだ負けると決まったわけではありません」

「私の兄と『月の家』の女将が到着すれば、真実が明らかになると言っていましたが、ご家老はふたりが金を受け取っていることを警戒しているのだと思います」

「金を？」

「ええ、金で偽りの証言をさせるのではないかと恐れているのです」

「でも、母上の実の兄ではありませんか」

「兄といっても、二十年近く会っていません。肉親の情も薄くなっているでしょう。そこで金をもらえば、偽りも平気で言えるかもしれません。まさか、またでっち上げの兄を登場させることはないと思いますが」

母は絶望的に言う。

「『月の家』の女将さんも金で動かされましょうか」

清太郎は女将の顔を思い出した。

「わかりません」

母は悲愴な表情で答えた。

夕餉《ゆうげ》のあと、母の目を盗んで清太郎は十兵衛に耳打ちをした。

「出かけてきたい」

「お絹さんのところですか」

「違う、八丁堀だ」

「青柳さまのところですか」

「そうだ。母に内証だ」

「わかりました」

十兵衛は厳しい顔で頷いた。

その夜、剣一郎は八丁堀の屋敷で京之進の話を聞いていた。

「やはり、深夜に飛騨守さまの下屋敷から何度か舟が出て行っています。大川端町の豆腐屋の主人が未明に舟が下屋敷に入って行くのを何度かみていました」

「浪人の死体を棄《す》てに行った帰りかもしれぬ」

「下屋敷には飛騨守さまの領国より運ばれてきた荷を包んでいた菰《こも》がたくさんあります。それで死体を包んだのではないでしょうか」

「うむ。飛騨守の下屋敷で果たし合いが行なわれ、斬られた浪人の死体を菰に包んで舟で川に棄てに行ったのだ」

ただ、前から疑問に思っていたが、なぜ大川に死体を棄てなかったのか。海に流れ出る可能性が高く、死体は発見しづらくなったはずだ。

「あと、黒川富之助についてですが、もともと御広敷添番《おひろしきそえばん》で大奥の警備や風紀の監視などをしていましたが、三年ほど前からその役目から離れており、飛騨守さまのお屋敷に出向となっています」

「どういうことだ？」

「まだ、そこまではわかりません」

「いや、よくわかった。これで、浪人殺しもだいぶ見えてきた」

剣一郎は満足そうに応じた。

「では、私は」

「ごくろうだった」

京之進が引き上げたあと、剣一郎は太助の到着を待っていた。霊岸島の飛驒守の下屋敷を探りに行っている。下屋敷の長屋のどこかに黒川富之助がいるはずだ。

多恵がやってきた。

「おまえさま。清太郎というお方がお見えです」

「清太郎？」

まさか、あの清太郎がやってくるとは思わなかったので、剣一郎は玄関に出て行った。

すると玄関に清太郎が立っていた。

「清太郎どのではないか」

剣一郎は驚いて言い、すぐに客間に通した。外に十兵衛の姿があった。

客間で、清太郎と差し向かいになった。

「青柳さま。夜分に押しかけて申し訳ございません」

清太郎は詫びてから、

「どうしても青柳さまにお縋《すが》りしたいことがありました」

「なんなりと」

「昼間、願山寺に家老の八重垣さまがいらっしゃいました。八重垣さまは今後の見通しについて、私が本物のご落胤《らくいん》かどうかは関係なく、偽者と決めつけられる可能性を指摘しておりました」

清太郎は身を乗り出して、

「その根拠は飛騨守さまだけでなく、お歴々の方々も、将軍家の家正ぎみを水沼家に押しつけようとしているとみています」

「………………」

剣一郎は黙って頷いた。

「ほんとうにそのようなことになるのでしょうか」

「八重垣どのの危惧《きぐ》は当たっているかもしれぬ」

「そんなことが許されるのですか」

「評定所で偏向した裁きが行なわれることなどあってはならないことだ。法を守らねばならぬ方々がそれを犯すなど言語道断。なれど、将軍家の家正ぎみの身の振り方に関わっていることで、方々の心を縛っている」

　剣一郎は正直に言う。

「やはり、そうなんですね」

「そうだ。うちのお奉行の話を聞いても、恥ずかしい話だが、この件に関しては皆腰が引けているようだ」

「どうにもならないのでしょうか」

「お奉行がひとり正論を吐いたとしても大勢は変わらぬと思う」

　剣一郎は自分の不甲斐なさを露呈しているようで忸怩《じくじ》たるものがあった。

「では、私は偽者であり、母も私も八重垣さまといっしょに水沼家を乗っ取ろうとした悪人として処罰されるのでしょうね」

「八重垣どのはどうお考えか」

「私と母を守ると。列座の方々の良心に訴えると仰っていました。偽りの裁決をした代償を、私と母にお咎めがない形で払っていただくという気持ちのようです」

「清太郎どのと母上はお助け出来よう。八重垣どのにそそのかされただけだといえば情状が認められるだろう。だが、八重垣どのはどうなるか」

「えっ、どうしてですか」

「たとえ、間違った裁きであろうが、御家乗っ取りを企んだ者を許しては裁きそのものに疑念をもたれる」

「そんな……」

清太郎は悲鳴を上げた。

「よいか。八重垣どのに伝えよ。先走った考えをしてへんな命乞いをしてはならぬ。あくまでも正義は自分たちにあると思って闘えと。そして、水沼家は断固として家正ぎみを拒むという覚悟を示すように。そのほうが南町奉行も助太刀出来よう。また、方々の心にも訴えられる」

「わかりました。八重垣さまにそうお伝えしておきます」

清太郎は愁眉《しゅうび》を開いたかのように顔に生気を蘇らせた。

「ありがとうございました。これで」

清太郎は勇んで立ち上がった。

「ちょっとききたい」

「はい」

「母上どのはお白州《しらす》で、偽のお里をやりこめたそうだな」

「はい。母上は堂々としていました」

「うむ、そうか」

「そのことが何か」

「いや。見上げたものだと思ってな」

「はい」

清太郎はにやりと笑った。

「では、気をつけて帰られよ」

剣一郎も立ち上がり、清太郎を玄関で見送った。

十兵衛が会釈をし、清太郎に付き添って門に向かった。

居間に戻ると、太助が来ていた。

「清太郎さんはどんな用で？」

「強引に偽者だという裁決を出されるのではないかと心配してきた」

剣一郎は清太郎との話を説明した。

「どうなのでしょうか」

「飛騨守さまは何がなんでも清太郎を偽者に仕立てないとならんのだ。家正ぎみを水沼家の養子にするためにな」

「なぜ、飛騨守さまはそこまでして家正ぎみを水沼家に押しつけたいのでしょうか」

「上様の覚えめでたく……」

自分の言葉ではっとした。

「そうか」

剣一郎はひとりで呟《つぶや》き、

「太助、飛騨守の下屋敷の様子はどうだった？」

と、きいた。

「屋敷から出てきた中間《ちゆうげん》にきいたら、西の長屋に怪我《けが》をした侍がいたそうですが、今朝早く駕籠《かご》に乗って出て行ったということです」

「黒川富之助に間違いないようだな。屋敷に帰ったか」

剣一郎は気負い立った。

二

翌日、剣一郎は太助とともに下谷練塀小路の黒川富之助の屋敷を訪れた。

若党が出てきた。

「黒川どのがお帰りと聞いた。ぜひ、お目にかかりたい」

「少々お待ち下さい」

若党はあわてて奥に向かった。

すぐ戻ってきた。

「どうぞ」

剣一郎は太助を玄関に待たせ、若党のあとに従った。

客間で待っていると、右腕を包帯で吊った黒川富之助がやって来た。

剣一郎と対座して、

「黒川富之助です」

と、名乗った。

「南町奉行所与力青柳剣一郎でござる。一度、松元朴善どののところでお見かけしたことがあります」

「はい」

富之助も気づいていたようだ。

「私が訪ねてきたわけはおわかりでしょうか」

「………」

富之助は不安そうな顔をした。

「飛騨守さまの下屋敷での件です。先日の夜、そこで黒川どのは宇野新兵衛という侍と果たし合いをしましたね」

富之助は目を剝《む》いた。

「まず、なんのために、浪人と果たし合いをしたのか。そして、立ち合っていた頭巾《ずきん》の若い侍は何者なのか」

「何のことか」

富之助はとぼけた。

「黒川どの。あなたが剣を交えた宇野新兵衛という浪人は奉行所の隠密同心です」

「隠密同心……」

「三月《みつき》ほど前から、菰で包まれた浪人の亡骸《なきがら》が川で見つかっています。その数五人。みな刀で斬殺されていました。その探索のために隠密同心は浪人になりすまし、白い髭《ひげ》の修験者《しゆげんじや》、あるいは網代笠《あじろがさ》の行脚僧の誘いを待ったというわけです」

「…………」

「宇野新兵衛と相討ちのあと、頭巾の侍がはじめてそなたが傷を負うのを見たと、黒川どのの名を口にした。そこで、松元朴善どののところでお見かけした黒川どのと結びつけ、あなたのことがわかったのです」

富之助は肩を落とした。

「さあ、何もかも話していただけませんか」

「それは……」

「あの頭巾の若い侍は、ひょっとして将軍家の八男家正ぎみではありませんか」

富之助は顔を上げ、何か言おうとした。だが、言葉にならなかった。

「そうなのですね」

富之助は俯《うつむ》いた。

「飛驒守さまの下屋敷にて、あなたは家正ぎみの立ち会いのもと、五人の浪人と果たし合いをし、打ち負かした。亡骸は家正ぎみのお付きの者が菰にくるみ、舟で川に棄てに行った。そういうことですね」

「…………」

富之助は押し黙っている。

「黒川どの。お答えを」

富之助は苦しそうに顔を歪《ゆが》めた。

「ご妻女どのは心ノ臓の病に罹《かか》り、高価な薬が必要だったようですね。その薬代を稼ぐのと浪人との果たし合いは関係があるのではありませんか」

剣一郎はさらに迫る。

「御広敷添番だったあなたは三年ほど前からその役目から離れており、飛騨守さまのお屋敷に出向となったそうですね。それはどうしてですか」

「それは……」

やっと富之助は顔を上げたが、あとの言葉は続かなかった。

「家正ぎみに関係していますね」

「…………」

富之助は俯いた。

「黒川どの。今、あなたと立ち合った隠密同心はあるところで養生をしていますが、近々お目付に訴えでます。さらに、飛騨守さまの下屋敷で起こったことゆえ、大名を監察する大目付にも訴えます」

富之助は膝に置いた手を握りしめた。

「残念です」

剣一郎は立ち上がった。

「黒川どの。これだけは強く言っておきます。家正ぎみや飛騨守さまを守るために自害をしようなどと思ってはいけません。ほんとうのことを言うべきです」

剣一郎は部屋を出ようとした。

「お待ち下さい」

富之助は思い詰めた目で、

「どうか、お戻りを」

と、訴えるように言った。

剣一郎は元の場所に戻った。

「私は大奥の警護をしているとき、女の格好をして入り込んできた数人の男たちをとり押さえました。その中のひとりが家正ぎみだったのです。後日、家正ぎみは私に剣術の試合を要求してきました。家正ぎみは腕に覚えがあったそうです」

富之助は苦い顔で続ける。

「でも、相手をする家来衆がわざと手を抜いていたことに家正ぎみは気づかずに、自分の腕を過信していたようです。私は手加減せずに家正ぎみと立ち合いました。私はあっさり木刀を弾きとばし、家正ぎみは地べたに這《は》いつくばってしまいました。すると、いきなり家正ぎみは砂を摑《つか》んで私の顔に投げつけ、木刀を拾って襲いかかってきたのです。私は目を開けられないまま、反撃しました」

富之助は大きく息を吐き、

「家正ぎみは地べたに転がって呻《うめ》きながらのたうち回っていました。あとで聞いたら、家正ぎみの腕の骨が砕けていたそうです。もはや、剣は持てなくなって」

剣一郎は黙って聞いていた。

「私は謹慎処分になったあと、家正ぎみの警護の役に任じられました。家正ぎみの望みだったそうです。そのころから、家正ぎみは飛驒守さまのところに通うようになり、私もいっしょに飛驒守さまのお屋敷に行きました。なぜ、家正ぎみが私を警護の役にしたのか、だんだん、わかってきました。隙《すき》あらば、私に復讐しようとしていたのです。家正ぎみは片手で剣を使いはじめました」

富之助は間を置き、

「ときたま私の隙をついて真剣で襲いかかってきました。よほど、私に腕の骨を砕かれたことが悔しかったのでしょう。常に、私への仕返しが頭にあったようです」

「そのことをどなたかに相談はなさらなかったのですか」

「相談しました。でも、取り合ってくれませんでした。みな、家正ぎみの言葉を信じますから。いえ、偽りだと思っても、家正ぎみの言うことを聞きいれるのですから」

富之助ははかなく笑い、

「家正ぎみは女中を手込めにしたり、気に食わない者を無礼討ちしたり……。そんな御方についていくのにもう耐えきれず、家正ぎみに元のお役目に戻りたいと頼んだのです。そうしたら、ある条件を出してきたのです。それが、腕の立つ浪人と私を闘わせることでした。五人斃《たお》したら任を解いてやると」

「………」

剣一郎は家正の偏執に呆《あき》れる思いだった。

「それだけでなく、私が相手を斃したら十両出すと。私はどうしてもお金が欲しいときでした」

「妻女どのの薬代ですね」

「そうです。それで、請け負いました」

「家正ぎみは市中から腕の立つ浪人を探して、飛驒守さまの下屋敷にて果たし合いをさせたのですね」

「そうです。家正ぎみは私が斬られるところを見たかったのでしょう。浪人にも私を斃せば五十両を出すと言って誘っていたようです」

しかし、浪人が勝ったとしても五十両をやるつもりなどなかったのだろう。かえって、秘密を守るために浪人を殺したはずだ。

「果たし合いで、あなたはすべて相手を斃してきた。死体は川に棄てていましたが、大川に棄てれば海に流され見つけられにくかったはずなのに、どうしてそうしなかったのでしょうか」

「私が頼んだのです。ちゃんと供養されるように亡骸は見つかる場所に棄ててもらいたいと。その要求は受け入れられたのですが、死後しばらく経《た》って見つかるように死体に重しをつけて川に沈めたのです。いつ棄てたかわからなければ、舟の特定も出来ないという理由で」

「そういうわけでしたか。で、五人を斃したあと、さらに浪人を探しましたね」

「そうです。五人斃したのに、家正ぎみはあともうひとりと言い出したのです。今度はほんとうに最後ということで現われたのが宇野どのという浪人」

「そうですか」

皮肉なものだ。最後のもうひとりが新兵衛だったとは。六人目がなければ、すべて闇《やみ》に葬られたのだ。

「殺された五人の浪人にもそれぞれ金のいる事情があったのです。だから五十両という報酬に目が眩《くら》んだのでしょう」

「殺された者たちのことを考えると、胸が痛みます」

「黒川どの。今の話を出るところに出て話していただけますか」

「…………」

「このまま家正ぎみを許してしまえば、家正ぎみのせいでまた新たな悲劇が起きないとも限りません」

「わかりました」

富之助はため息混じりに頷いた。

「それから、このことが家正ぎみの耳に入ったら、黒川どのを抹殺しようと動くかもしれません。どこか安全な場所に」

「用心します。心配いりません。左腕は使えますから」

富之助は左手を上げて言った。

「しかし、まだ傷が治りきっていないのですから。そうだ」

剣一郎は思いついて、

「黒幕が家正ぎみである証《あかし》になるものはありませんか」

「あります」

「なんですか、それは？」

「約定書《やくじょうしょ》です。五人甕したら任を解くと一筆書いてもらいました」

「それを見せていただけますか」

「少々お待ちを」

富之助は部屋を出て行き、ほどなく戻ってきた。

袱紗《ふくさ》を開き、文を取り出す。

富之助が言ったような文面が記され、家正の名がはっきりと書かれてあった。

「のちのちに証拠となるようなものを、よく家正ぎみが書きましたね」

剣一郎は不思議に思った。

「それを書いてくれなければ引き受けないと頑《かたく》なに言ったからですが、私がいつか必ず斬られると思っていたのに違いありません。私が死んだあとで、そのようなものが見つかっても、なんとでもとぼけられましょう」

「なるほど」

剣一郎は呟いてから、

「これを私に預けていただけませぬか」

「どうぞ」

「もし、何者かに襲われたら、自分を殺せば家正ぎみの約定書が南町奉行所与力青柳剣一郎に届くことになっていると口にしてください」

「わかりました」

「では、これはお預かりしていきます」

剣一郎は約定書を持って勇躍《ゆうやく》して引き上げた。


剣一郎は奉行所に戻った。

すぐに宇野清左衛門のもとに行き、わけを話し、ふたりで長谷川四郎兵衛に会った。

「長谷川どの。浪人殺しの真相がわかった」

清左衛門が口にした。

「下手人がわかったのか」

「はい」

「誰だ？」

「青柳どのからお聞きを」

「作田新兵衛の手柄にございます」

新兵衛の活躍から黒川富之助が割り出され、そして将軍家八男家正が背後にいたという話をした。

「家正ぎみだと？　何をばかな」

四郎兵衛は一笑に付した。

「いえ、黒川どのの話は信用出来ます。それに家正ぎみが書いた約定書があります」

剣一郎はそれを見せた。

「しかしながら、黒川どのの話が真実であるかどうか、飛驒守さまに確かめる必要があるかと思います」

「飛驒守さまは関係ないではないか」

「飛騨守さまは家正ぎみの世話役ではありませんか」

「……………」

「斬殺された浪人が五人、川に浮かんでいたのです。その下手人の黒川富之助は家正ぎみから強いられて浪人と果たし合いをしたのです」

「しかし、仮にそうだったとしても、飛騨守さまの知らないことではないか」

「知らないなら教えて差し上げなければなりません」

「そんなもの取り合うまい。仮に百歩譲って知っていたとしても認めまい。否定するはずだ。家正ぎみの悪行はなかったものとされる」

四郎兵衛は喚《わめ》くように言う。

「この約定書をなんとするでしょうか。この約定書は家正ぎみが書いたものではないと言い張るのでしょうか」

「……………」

「いずれにしろ、このことは飛騨守さまにとっては大きな弱みになるはず。ともかく、飛騨守さまにお会いし……」

「お奉行に飛騨守さまのところに行けと言うのか」

「はい。でも、お奉行が行けないというなら私が行きます」

「なに、青柳どのが？」

　四郎兵衛は呆れたように、

「青柳どのが行ってもお奉行の責任になる。飛騨守さまに恨まれるような真似をお奉行にさせるわけにはいかぬ」

「長谷川どの。なぜ、そんなに飛騨守さまを恐れるのだ？」

　清左衛門が顔をしかめてきいた。

「昨日、下城されたお奉行は飛騨守さまから注意を受けたと話された」

「注意ですって。どんなことで？」

「評定所の件だ。よけいな口出しをして詮議《せんぎ》の妨げをせぬようにと言われたそうだ。飛騨守さまの意向に逆らうなということだ」

「脅《おど》しではありませんか」

「脅しだから困るのだ。本気でお奉行職を剝奪《はくだつ》しかねない」

「そのようなことは出来ません」

「いや、飛騨守さまならやるとお奉行は仰っていた」

「今度はこの家正ぎみの件があります。この事実を知れば、方々の気持ちも変わりましょう。公正な詮議を行なうきっかけになりましょう」

「無理だ」

四郎兵衛は頑強に拒んだ。

「お奉行に直《じか》にお話をします」

剣一郎は憤然となった。


お奉行が下城したのを待って、剣一郎はお奉行に会った。

四郎兵衛から話を聞いたらしく、お奉行は困惑した表情で、

「何も言うな」

と、機先を制した。

「いえ、言わせていただきます。家正ぎみの件が明らかになった今、飛騨守さまの横車に屈してはなりません」

「わしひとりの力ではどうにもならぬのだ」

「長谷川さまからお聞き及びと思いますが、浪人殺しの黒幕は家正ぎみなのです。このことを飛騨守さまは知っていたからこそ、厄介《やっかい》払いの意味で家正ぎみを水沼家に追いやろうとしているのではありませんか。飛騨守さまに再考を……」

「飛騨守さまが素直に認めるはずはない」

お奉行の諦《あきら》めの返事に、剣一郎は唖然《あぜん》とした。

「どうしようもないのだ。わかってくれ」

お奉行は哀願するように言う。

「わかりません。どうしても飛騨守さまにお会いしなければなりません。どうか、お奉行から飛騨守さまに私との面会の仲立ちを」

「出来ぬ」

「なぜですか。このままでは清太郎と母親は偽者と決めつけられます。最悪、死罪になるかもしれません」

「…………」

「お奉行。では、他の方々に家正ぎみの悪行をお伝えいただけませんか。家正ぎみの本性をわかっていただいた上で、飛騨守さまに忖度《そんたく》するかどうか」

「無理だ」

「青柳どの。もう下がられよ」

四郎兵衛が厳しい口調で言った。

お奉行は青ざめた顔を背《そむ》けていた。

こうなれば、単身で飛騨守に会うしかないと剣一郎は悲壮な覚悟を持った。

三

朝六つ半（午前七時）、和田倉御門外の辰の口にある評定所に老中飯岡飛驒守の乗物が到着した。

玄関に寺社奉行、式台に勘定奉行が出迎えのために控えていた。

乗物から飛驒守が下りた。すかさず、剣一郎は飛び出して、近くまで行き、地べたに座って平伏した。

「飛驒守さま。南町奉行所与力青柳剣一郎と申します。ぜひ、お聞きください」

剣一郎は大声で訴える。警護の侍がふたり、背後から剣一郎を押さえ込もうとした。

「お静かに」

剣一郎は一喝した。ふたりの侍は固まったように動けなくなった。

「飛驒守さま。家正ぎみの行状について訴えたい儀がございます」

「無礼もの。下がれ」

「下がりません。飛驒守さまは家正ぎみの世話役と伺っております。家正ぎみが霊岸島の下屋敷にて何をなさっていたか御存じですか」

「…………」

「家正ぎみ立ち会いのもと、黒川富之助どのと浪人を果たし合いさせていたのです。市中の川で発見された五人の浪人はその果たし合いで敗れた者たちです」

「黙れ」

警護の侍が飛び掛かってきた。

剣一郎は片膝を立て、襲ってきた侍の腕を摑んで大きくひねった。侍は宙を飛び、地べたに背中から落ちた。

「御存じでいらっしゃいますか」

「なにを申すか」

「その他にも家正ぎみの悪行はたくさんあります。そのようなお方を水沼家に押しつけてよろしいのですか。それが家正ぎみのためになるのでしょうか」

剣一郎は畳みかけて言う。

「どうか、家正ぎみのため、水沼家のためを思い……」

「黙れ」

「場合によっては、上様《うえさま》に直訴をする覚悟」

「なに」

飛驒守は眦《まなじり》をつり上げた。

「もし、きょうの詮議が公平に行なわれるものならば、家正ぎみの件の始末を飛驒守さまにお任せいたします。家正ぎみが黒川富之助どのに渡した約定書もお預けいたします」

「……青柳剣一郎か。覚えておく」

飛驒守は玄関に入った。

剣一郎は飛驒守の背中を低頭して見送った。

顔を上げたとき、南町奉行がこちらを見ているのに気づいた。剣一郎はここまで引き入れてくれたお奉行に目顔で礼を言った。


清太郎は母とともにお白州の砂利場に赴いた。

奥の座敷には老中飯岡飛驒守を中心に、奉行や大目付が並んでいた。

やがて、女が入ってきた。清太郎は女を見た。『月の家』の女将だった。

留役頭が女将に声をかけ、素姓を確かめた。その上で問いかけた。

「二十年前も『月の家』の女将をしていたのだな」

「はい、そうです」

「当時、『月の家』に水沼家の若君、今の藩主高政公が遊びにきていたことは間違いないか」

「よくいらっしゃっていました」

「お気に入りの女中がいたのだな」

「はい」

「その女中の名は？」

「お里です」

「その後、お里はどうした？」

「高政公の子を身籠もり、『月の家』を辞めて実家に帰りました。それから、会っていません」

「顔を覚えているか」

「もちろん、覚えております」

「では、そこにいる女子《おなご》を見るのだ」

「はい」

女将は顔を母に向けた。

じっと見つめている。母は軽く会釈をした。

「誰か知っているか」

留役頭がきいた。

「はい。お里さんです」

「間違いないか」

「間違いありません」

「何か、ご質問はございましょうか」

留役頭が一同にきいた。

「わしから」

飛騨守が口を開いた。

「そのほうは、この評定所で何が詮議されているか知っているか」

「はい。知っています」

「白根藩が将軍家から養子を迎えて藩主にするかもしれないという話を聞いているか」

「はい」

「そなたは、領民としてどのような藩主を望むか」

「水沼家の血筋を望みます」

「なぜだ？」

「将軍家から養子を迎えると、今までの水沼家ではなくなってしまうような気がするからです。特に領地替えで、水沼家が白根から去って行くかもしれないと聞きました。困ります」

女将は訴えた。

「なるほど」

飛騨守は頷き、

「わかった。以上だ」

と、問いかけを切りあげた。

「では、下がってよい」

留役頭が女将に言う。

「では、次の……」

「待て」

飛騨守が制した。

「もはや、次の証人を呼ぶまでもない」

「控えておりますが」

「必要はない」

「わかりました」

留役頭は頭を下げ、

「ふたりとも下がってよい」

と、告げた。

清太郎は何があったのかと訝った。


八重垣頼茂は控えの間で瞑想《めいそう》をしていた。

留役のひとりから、朝の出来事を聞いていた。南町奉行所与力の青柳剣一郎が飛驒守に対して激しく訴えたという。

何を訴えたのかはわからないが、異様な雰囲気だったらしい。

襖《ふすま》が開き、留役が顔を出した。

「お呼びにございます」

「お呼び？」

早いではないかと、頼茂は思った。

お白州の板縁の間に行くと、江戸家老市原郡太夫と水沼義孝もやってきた。

三人が並んだあと、留役頭が口を開いた。

「これにて詮議を終了いたす」

頼茂は耳を疑った。

「恐れながら」

郡太夫も驚いたように、

「清太郎の母親の詮議はいかがあいなったのでございましょうか」

と、きいた。

「市原郡太夫」

飛驒守が口を開いた。

「『月の家』の女将は清太郎の母親をお里だと認めた」

「そんなはずは……。お里の兄はいかに？」

「これ以上いたずらに時を費やすことは不要だ」

飛驒守は切り捨てるように言った。

すかさず留役頭が、

「では、これにて終わりといたします。裁決は後日。ご苦労でございました」

と、一方的に告げた。

なぜ、急に流れが変わったのか。やはり、今朝方の青柳剣一郎が飛驒守に訴えた件が関係していると思った。

裁決は翌日に書面にて届いた。頼茂の勝訴であった。清太郎は本物のご落胤として認められたのだ。


頼茂はさっそく江戸家老市原郡太夫と水沼義孝をはじめ、上屋敷にいる重役を広間に集めた。

「このたび、晴れて清太郎ぎみが高政公のお子であることが証明された」

頼茂は一同を前に口を開いた。

「これにて、水沼家の家督《かとく》を清太郎ぎみに譲ることに異存はないものと心得る。それでも、異存があれば承ろう」

一同から異論は出なかった。

「市原どのはいかがか」

頼茂は郡太夫にきいた。

「異存はござらぬ」

郡太夫は言い切り、

「このたびの件、飛騨守さまより清太郎ぎみに偽者の疑いがあると告げられて、飛騨守さまの言うように評定所に訴え出たもの。浅はかであったと反省しております」

家正の行状が郡太夫の耳にも入ったらしい。

「すべては、飛騨守さまが将軍家の八男家正ぎみを水沼家に押しつけようとしたことからはじまったもの。とはいえ、私がご落胤のことを急に言い出したことも疑惑を招くことになった。市原どのが飛騨守さまの言いなりになったのも止むを得なかったものと存ずる」

頼茂は郡太夫をかばったあと、

「今回の騒動の責任の一端は私にある。そこで、その責任をとり、隠居をする所存」

「何を仰いますか」

郡太夫が異を唱えた。

「失礼ながら、清太郎ぎみがただちに藩政を執られることは無理でござる。八重垣どのが後見として水沼家を……」

「いや、私が責任をとらねばならぬ」

「そうであれば、一番の責任は私に」

郡太夫が言った。

「市原どのはなんとか家正ぎみを水沼家に押しつけたい飛騨守さまに利用されただけ。確かに、それにうかうかと乗ってしまった軽率さはあるかもしれないが、それも私の態度があやふやだったため。責任は私にある」

「そんなことは……」

「騒動の責任は私ひとりがとれば済むこと。そこで、清太郎ぎみの後見を義孝公にお願いしたいと思う。いかがか」

「もともと義孝公は後継と目されていたお方。異論はございません」

郡太夫が即座に答え、他の者も同調した。

「義孝公、お引き受け願えますか」

「お引き受けいたす」

義孝は毅然《きぜん》とした態度で答えた。

「それから、高政公から強く念を押されていたのは、清太郎ぎみの才覚である。藩主としての力量に欠ければ、家督は譲らぬとはっきり仰いました。それから、もうひとつ、仰ったことがある」

頼茂は一同を見まわし、

「本人の気持ちを第一に考えてやってもらいたいということだ。つまり、清太郎ぎみは市井《しせい》の民として育ってきた。二十歳近くなって武士の世界に入り、あまつさえ、水沼家二十万石を率いるなど願っていようか。本人の気持ちを尊重してもらいたいというのが高政公のお言葉だ」

「清太郎ぎみはどうお考えなのですか」

「しばらく経って落ち着いたらお気持ちを確かめようと思う」

頼茂は言い、

「今お話ししたことは国表に帰り、改めて向こうの重役方にお話をいたす。ご了承願いたい」

頼茂は静かに頭を下げた。

散会後、頼茂は留守居役の本宮弥五郎に使いを頼んだ。

翌日の昼下がり、頼茂は数寄屋橋《すきやばし》御門内にある南町奉行所を訪れ、奉行所の内庭に面した部屋で、青柳剣一郎と差し向かいになった。庭に落ち葉が舞いはじめていた。

「筆頭家老の八重垣頼茂と申します。このたびは青柳どのに一方ならぬご尽力を賜《たまわ》り、感謝申し上げます」

頼茂は深々と頭を下げた。

「私などなんのお力にも」

剣一郎は首を横に振る。

「いえ、評定所の玄関で、飛騨守さまに訴えて下さったそうではございませぬか。あれがなければ、我らは負けていたでありましょう」

「私は清太郎どのを助けたかったのです。家正ぎみの悪行の証拠が手に入ったので、飛騨守さまと取引をしました」

「取引ですか」

頼茂はきき返した。

「家正ぎみの悪行の証拠を渡す代わりに公正な詮議を行なっていただくことです。あの悪行が上様のお耳に入れば、世話役の飛騨守さまの責任も問われましょう」

「なぜ、飛騨守さまは家正ぎみの世話役を？」

「飛騨守さまは家正ぎみだけでなく、他の兄弟にもそれぞれの大名家への養子の世話をしてきたのです。そのこともあり、上様の寵愛を受け、権力をほしいままにしてこられたのです。飛騨守さまにとって不幸だったのは、家正ぎみの本性に問題があったことです。町の無頼漢《ぶらいかん》と何ら変わらないのです」

「それほどでしたか」

頼茂は眉根を寄せ、

「そんなお方が我が藩の藩主になったかもしれないと思うとぞっとします」

と、しみじみ言った。

「しかし、考えてみれば、家正ぎみも可哀そうなお方です。幼少のころから自分の思うとおりにならなかったことは何一つなかったのでしょう。将軍家の子ということで、周りがちやほや気を使いました。相撲をとれば、おとなの家来を投げ飛ばし、剣術においてもいつも相手を打ち負かす。欲しいものはなんでも手に入り、女も言いなり。そんな生き方をしてたら、ひととしておかしくなるのは当然です。もっと家正ぎみに正面から意見する相手がいたらと思うと残念でなりません」

剣一郎はしんみり言い、

「ただ、これから飛驒守さまも家正ぎみには真剣に向き合っていくようです」

と、つけ加えた。

「ところで、清太郎どのは今後どうなさるのでしょうか」

「わかりません。本人次第。清太郎ぎみの気持ちを尊重します」

藩主高政ぎみから清太郎ぎみの気持ちを第一にするようにと言われていると、頼茂は話した。

「なるほど」

剣一郎は大きく頷き、

「八重垣さま。改めてお訊ねいたします」

と、切りだした。

ふと頼茂は胸を圧迫されるような息苦しさを覚えた。

四

剣一郎は居住まいをただし、おもむろに切りだした。

「清太郎どのの母君のことですが」

「…………」

頼茂は真顔になった。

「評定所で、お里どのの偽者と対峙《たいじ》したそうですね」

「ええ」

「飛驒守さまの手の者が山森村の実家まで行き、お里どのは江戸に出て麴町にある古着屋の主人の後添いになったことを突き止めて、偽のお里どのを評定所に引っ張りだした」

「そのようです」

「そのときの清太郎どのの母君はいっこうに動じることなく堂々と渡り合い、相手の化けの皮を剝《は》いだと」

「…………」

「飛驒守さまは古着屋の主人の後添いになった女をお里どのと信じていたようです」

「ええ。しかし、偽者でした」

「お里どのは、古着屋の主人と離縁していますね。飛驒守さまの家来はその後の行方がわからず、苦し紛れに偽者を仕立てたのではないでしょうか」

「そういうことでしょうね」

「なぜ、離縁したあとの行方がわからなかったのでしょうか」

「さあ」

「清太郎どのの母君は凜とした佇《たたず》まいです。評定所での振る舞いなど、私にはとうてい百姓の家に生まれ、料理屋の女中をしていた女子とは思えないのです」

剣一郎は頼茂の顔を見つめる。

「それに、藩主のご落胤として我が子を水沼家に引き渡す勇気。私には武士の娘としか考えられないのです」

「『月の家』の女将が対面し、お里に間違いないと証言しています」

「八重垣どの。あなたがそう言わせたのではありませんか」

「ばかな」

「本物のお里どのも、古着屋の主人と離縁したあとの居場所を見つけ出し、どこかに隠した……」

剣一郎は頼茂の反応を窺《うかが》いながら、

「あなたは飛驒守さまから将軍家の八男家正ぎみを養子にという話を聞き、危機感を持った。家正ぎみは領地に白根藩のような寒い地ではなく、温暖な地を望んでいるという。家中にも将軍家との縁戚になることを望む者も多い」

剣一郎の攻撃から逃れるように、頼茂は庭に顔を向けた。

「このままでは水沼家が乗っ取られてしまうから、あなたはご落胤の話を持ちだした。それしか、要求を拒む理由がないからです。いかがですか」

「青柳どのの想像でしかありません」

顔を戻し、頼茂は言う。

「ええ。その想像ついでに言えば、清太郎どのと母君はひと月の間、願山寺で過ごしましたね。清太郎どのに武士としての素養を教え込む期間だったということですが、実際は母君にお里どのに関する知識を植えつけていたのではありませんか。お里どのになりきるためのひと月だったのでは?」

「………」

「八重垣どのにとってはかなり危険な賭《か》けだった。もし、偽者だということが露見したら、清太郎どのも母親も極悪人として処刑されることになる。そんな危険な賭けに引き入れる相手は……」

剣一郎は最後の言葉を切った。

「私は別にそのことを問いつめようとしているのではありません。清太郎どのにとってよい形になるように望んでいるだけです。よけいなことを申しました」

「いえ」

「明日は白根にお帰りになるそうですね」

「はい。国表で最後の仕事を片づけねばなりません。それが済んだら、向こうでゆっくり隠居暮らしを楽しむつもりです」

「あなたの御家を思う気持ちに私は心を打たれました。もう会えないと思うと残念です」

「青柳どのが仰ったように清太郎は江戸に戻すつもりです。清太郎をよろしくお願いいたします」

「そのことで」

　剣一郎は口調を改め、

「清太郎どのが万が一、藩主の座に執着したらどうなさるおつもりですか」

と、きいた。

「清太郎に限ってそれはありません」

「しかし、ひとは周囲によって大きく変わるものです」

「私の責任で対処します」

清太郎が藩主の座に執着したら、頼茂は清太郎を殺し、自分も死ぬつもりなのだ。頼茂の悲壮な覚悟を知り、剣一郎は胸に迫るものを感じた。

「わかりました。清太郎どのに限ってそういうことはありますまい」

「青柳どのにはいくら感謝してもしきれません」

頼茂は頭を下げた。

頼茂が引き上げたあと、剣一郎は清太郎に思いを馳せた。清太郎の父親は八重垣頼茂なのではないだろうか。そうだとして果たして頼茂は真実を語るのだろうか。

南町奉行所から橋場の願山寺まで、頼茂は乗物でやってきた。

十兵衛が迎えてくれた。

「そなたにも世話になった」

「いえ。どうぞ」

十兵衛は庫裏にある内庭に面した部屋に通した。庭から鹿威《ししおど》しの音が聞こえた。

そこに清太郎の母親が待っていた。

「明日、白根に帰る」

頼茂は言った。

「はい」

「お浪《なみ》どの。白根に来ないか」

頼茂ははじめてほんとうの名を呼んだ。

「いえ。お近くにいると、どうしてもあなたさまへの思いが強くなってしまいます。かえって辛《つろ》うございます。それに」

お浪は続けた。

「今さら、清太郎を引き取ることなど出来ますまい。勝一郎どのとて、兄がいたなどと知ったらどうなりましょう。混乱のもと」

「うむ」

頼茂は胸を疼《うず》かせ、

「此度のこと、まことにすまなかった。穏やかに暮らしているところに勝手に割り込んでしまった」

と、頭を下げて詫びた。

「いえ」

「病床の高政公を見ていたら、なんとしてでも水沼家を守ってやらねばならないという思いに突き動かされた。もし企みが露見したら、私だけでなく、そなたや清太郎の身もただではすまなかった。私はその危険を承知してふたりを引きずり込んだのだ。なんという男だと、自分でも思っている」

「私も同じです。清太郎を危険に追いやるかもしれないのに、あなたさまの思いを受け入れて、清太郎を説き伏せてしまいました」

お浪も苦しそうに言う。

「私はお浪どのの人生を狂わせてしまった」

「いいえ。私は望んだことゆえ構いませんが、何も知らない清太郎には申し訳なく思っております」

お浪は水沼家家中の片田金助《かただきんすけ》という馬廻り役の妻女だった。嫉妬《しっと》深く酒乱ぎみの片田金助にお浪はいつも泣かされていた。頼茂はお浪に同情をして慰めていたが、いつしかお互いに恋情を抱きあった。そして、お浪は頼茂の子を身籠もったのだ。

不義密通であり、相手が筆頭家老の伜《せがれ》ということになれば大きな問題になる。お浪は片田金助に離縁を申し出て、ひそかに城下を離れた。頼茂は郎党の与助をお浪につけた。そして、与助の実家でお浪は清太郎を産んだのだ。

「高政公の子が死んだあと、本物のお里さんが証拠の短刀と御墨付きを高政公に返してくれていたこと、そして高政公がそれを大事に保存していたからこそこのような行動を起こせたのだ。そういう意味ではお里さんと高政公が水沼家を助けてくれたと見ていいかもしれぬ」

「清太郎にはどこまでお話を？」

「うむ。正直に打ち明けていいものか、わからぬのだ。高政公のご落胤だったことでも衝撃を受けただろうに、じつは私とそなたとの子だと知ったらどれほど混乱するか」

「私もこのままで。父子と名乗りあったとしても、いっしょに暮らせるわけではありません。ならば、このままで」

「うむ」

頼茂は深く溜め息をつき、

「父の名乗りを上げ、清太郎に父らしいことをしてやりたかったが……」

と、無念そうに言った。

「静かだな」

鹿威しの音が静寂を際立たせていた。

「ひとつきいてよいか」

頼茂はきく。

「なんでしょうか」

「なぜ、再び嫁《とつ》がなかった？　そなたほどの女なら、いくらでも口はあっただろうに」

「清太郎がいましたから」

お浪は言ったあとで、しばらく俯いた。

やがて、顔を上げた。

「私は生涯の夫をあなたさまと思っておりましたゆえ」

「………………」

お浪の言葉が胸に突き刺さり、頼茂は思わず目を閉じた。

「私が家老の伜でなければ」

またも、後悔が頼茂を苦しめた。

あのとき、真剣に身籠もったお浪とともに白根藩を出るつもりだった。それを止めたのがお浪だった。

「あのとき、あなたさまといっしょにどこかに逃げても決してうまくいっていなかったと思います。きっと、お屋敷から追手が出て、あなたさまを連れ戻したはず」

「…………」

そうだったかもしれない。それでもいっしょに逃げるべきだったのではないか。そんな後悔に襲われた。

「これでよかったのです」

お浪は頼茂を慰めるように言い、

「それより、あなたさまはまだお若い。隠居したあと、どのような暮らしをなさるのか心配ですが」

と、きいた。

「やりたいことはたくさんある。そなたは知らないが、私は狩猟が好きでな。山野に分け入り、熊や猪を追いかけたい。それから、古今の書物を読み漁る。やることはたくさんある」

「そうですか」

お浪はしんみり言う。

襖の外で十兵衛の声がした。

「そろそろお帰りの刻限が」

「わかった」

頼茂は返事をしてからお浪に顔を向け、

「では、これで。もう、会えぬかもしれぬが、達者で暮らせ」

「あなたさまも」

「うむ。清太郎は必ず帰す。ただ、しばらくいっしょに過ごさせてくれ」

「わかりました」

「すまぬ。さらばだ」

「はい。私はここで」

お浪は部屋に残った。

感傷を押し殺して、頼茂は部屋を出た。

襖を閉めたとき、中から嗚咽《おえつ》が聞こえた。お浪が泣き崩れているのがわかった。戻ってはならぬ。頼茂は自分に言い聞かせた。胸の底から突き上げてくるものと闘いながら、頼茂は上屋敷に戻った。

翌朝、頼茂は清太郎を伴い、国表に出発した。

剣一郎は宇野清左衛門とともに長谷川四郎兵衛に呼ばれた。

「お奉行から伝えてくれと言われた。家正ぎみは謹慎処分になり、飛騨守さまのお屋敷にお預けの身となったそうだ。問題は黒川富之助の処分だったという。家正ぎみに命じられるまま、金のために果たし合いを繰り返し、五人の浪人を斬ったことは許されることではない。切腹も考えられたが、家正ぎみの処分との釣り合いがとれないとの指摘から、無役の御家人が属する小普請組入りとなることで落ち着いたとのこと」

「家正ぎみについては、今までと何ら変わらぬようだが」

清左衛門が疑問を口にする。

「わしもそう思うのだが」

四郎兵衛も困惑して言う。

「いえ、そうではありません」

剣一郎はふたりの疑問に答えるように、

「家正ぎみは今までは自由奔放に振る舞うことが出来ましたが、謹慎の身では周りの者に逆らうことも出来ないでしょう。家正ぎみは今度は骨身に応《こた》えましょ

「う」

「なるほど。そうかもしれぬな」

清左衛門が大きく頷いた。

「他の奉行や大目付どのたちが青柳どのの豪胆さに感心していたそうだ。お奉行も鼻が高かったと喜んでいた」

四郎兵衛が伝えた。

「恐れ入ります。ですが、お奉行が私を評定所の玄関まで引き入れ、飛驒守さまにお会いできるようにお膳立てして下さったから出来たことです」

「そうだ、お奉行の英断だ」

四郎兵衛がお奉行を称賛する。

「長谷川どの。それはお奉行に甘すぎますな」

清左衛門は冷笑を浮かべた。

「本来であれば、お奉行がやるべきなのにやらないから、青柳どのがあのような挙に出たのです。評定所に引き入れたのも青柳どのへの負い目からでしょう」

「そんなことはない」

四郎兵衛の反論の声はちいさかった。

「いずれにせよ、一番の功績は作田新兵衛です。どうか、そのことをお奉行にもよくお伝えください」

「わかった」

四郎兵衛は言ってから、

「で、新兵衛の怪我の様子はどうなのだ？」

「今は自分の屋敷で養生していますが、だいぶよいようです」

「そうか。それより、根岸にある虎の行者の道場と押上村にある鬼仙坊の祈禱所はすでに蛻《もぬけ》の殻だそうだな」

「一斉に逃げ出したようですが、逃亡先の見当はついているようです。いずれ、捕まりましょう」

京之進が一味を追い詰めているのだ。

「そうか。煩《わずら》わしい事件も解決し、お奉行も少しは心安らぐであろう」

四郎兵衛は安堵《あんど》の溜め息を漏らした。

昼過ぎ、剣一郎は太助を伴い、浅草阿部川町の『香木堂』を訪ねた。

主人に会いたいと言うと、すぐに重吉を呼んできた。

「これは青柳さま。何か」

重吉は訝りながら出てきた。

「ちょっと近くまで来たので寄ってみた。清太郎と仲のよかったお絹のことが気になってな」

「お絹のことは心配いりません。今、『近江屋』の覚次郎どのとうまくやっています」

「ふたりは相変わらず仲がいいのか」

「はい。私も微笑《ほほえ》ましくみています」

「では、覚次郎をお絹の婿《むこ》に？」

「はい。そうなるはずです」

「具体的に話は進んでいるのか」

剣一郎は確かめる。

「はい、私としては年内にも結納《ゆいのう》を交わしたいと思っているのですが、覚次郎どのがもうしばらく待って欲しいと」

「なぜ？」

「さあ、わかりません」

「いつまで待てと？」

「もうしばらくと言うだけで」

「お絹は何と？」

「覚次郎さんが待ってくれと言っているからというだけで……」

「そなたは早く結納を済ませたいのか」

「はい。じつはお絹には他からもまだ縁談を申し込まれます。お断りするのが煩わしく、結納さえ済ませてしまえば縁談を持ち込まれなくなるでしょうから」

「つまり、そなたとしては早く結納を済ませたいが、覚次郎の都合で延び延びになっているということか」

「はい」

「理由もわからないのだな」

「はい」

　重吉は俯いた。

「覚次郎に何か秘密があるのではないのか。たとえば、まだ他の女と手が切れていないとか」

「いえ、覚次郎どのは次男坊ゆえ気ままな性分ですが、見かけほどいい加減な男ではありません」

重吉は信頼しているように言った。

父親の意に逆らえなかったのか、それとも覚次郎に惹かれたのか。来秋の桔《き》梗《きょう》が咲くころまでの約束よりも、お絹は現実を見たのかもしれない。

清太郎に思いを馳せながら、剣一郎は『香木堂』をあとにした。

五

水沼家の家督は、清太郎が辞退したために支藩の梅津水沼家の義孝が継いだ。頼茂の思惑どおりになったというわけだ。

頼茂は隠居し、八重垣家は勝一郎が継いだ。

そして、その年の暮れに寝たきりだった高政公が逝去された。葬儀を終え、喪に服した正月も過ぎ、二月には四十九日の法要とあわただしく過ぎていった。

晩春のある日。頼茂は清太郎とともに高政公の墓前に額《ぬか》ずいた。山の中腹にある墓地からは白根藩の城下が見下ろせる。

幼少期から兄弟同然に暮らし、若いころはいっしょに『月の家』などに遊びに行き、藩主と筆頭家老という関係で白根藩水沼家を支えてきた。

お里との間に出来た子を二歳で亡くし、正室との世継ぎの長男を十七歳で亡くし、自身も僅《わず》か四十そこそこで病に倒れた。高政公に不幸が付きまとっているようだが、決してそうではなかった。短くも凝縮されたいい人生だったのではないか。そうではありませんかと、頼茂は心の内で問いかけていた。

墓参りを済ませ、頼茂と清太郎は寺の座敷に上がり、茶を馳走になった。

「どうだ、ここでの暮らしは？」

頼茂はきいた。

「とても心地よく過ごさせていただいています。勝一郎どのにもよくしていただき、感謝しています」

「もし望むのなら、このままこの地に住んでもよい。母どのも呼んでな」

「いえ」

清太郎は首を横に振った。

「やはり、江戸が恋しいか」

頼茂は微笑んだ。

「はい」

清太郎は正直に答え、

「そろそろ江戸に帰りたいと思っています」

「そうか」

頼茂は落胆を覚えたが、

「そなたのおかげで水沼家を守ることが出来た。改めて礼を言う」

「いえ」

「江戸に帰って何をするつもりだ？」

「わかりません。今さら、どこかに奉公など出来ません。小さくてもお店をやろうかと思っています」

「そうか。元手なら出す」

「いえ、自分で汗水流して稼いだ金でなければ長続きはしません」

「そうか。ちょっときいておきたいのだが、そなたは藩主として思う存分力を発揮したいとは思わなかったのか」

「思いません。私の本分ではないですから」

「本分ではない？」

「はい。私は……」

清太郎は言いさした。

「どうした？　存念があればなんでも言うがよい」

「いえ、なんでもありません」

「そうか」

頼茂は内心で衝撃を受けていた。清太郎は自分が高政公の子ではないことに気づいているのではないか。

父だと名乗りたい衝動に駆られたが、頼茂は懸命に抑えた。


清太郎は新緑の葉が生い茂るころに江戸に戻った。

十兵衛が橋場の願山寺まで付いてきてくれた。すでに文が届いていて、母が来ていた。

「母上。いえ、おっかさん。ただいま、帰りました」

清太郎は母への呼び掛けを元に戻した。

「清太郎。よく戻ってきてくれました」

母は微笑んだが、目尻に涙を見た。気丈な母の涙をはじめて見た。

その日は願山寺に泊まり、翌日、与助が願山寺にやってきた。

「与助さん」

清太郎が『香木堂』に奉公に上がってから一度も会うことがなかったから、十年ぶりの対面だった。

「覚えていてくれましたか」

与助は相好《そうごう》を崩した。

「もちろんです」

清太郎も声を弾ませた。

「じつはお迎えにきました。米沢町《よねざわちょう》に家を用意してあります」

それから、清太郎は母と与助とともに米沢町の家に向かうことになった。

「十兵衛どの、何から何までお世話になりました」

母が十兵衛に礼を言う。

「いえ」

「お名残《なごり》おしゅうございます」

清太郎は十兵衛に頭を下げた。

「清太郎どの。もし何かお困りのことがあれば、白根ご城下の片岡道場まで文をください。必ず駆けつけます」

「ありがとうございます」

願山寺を出て、今戸、花川戸を通り、やがて駒形町に差しかかった。

薪炭《しんたん》問屋の『近江屋』の前を通ったとき、清太郎はあっと思わず叫んだ。『近江屋』から『香木堂』の主人とお絹が出てきたのだ。見送りをしている若い男は覚次郎だ。

（お絹さん……）

清太郎は逃げるように足早になった。やはり、お絹は覚次郎と夫婦になるのだ。あやふやな約束より、お絹は現実を見つめたのだ。いや、父親自身が覚次郎を婿にして『香木堂』を継がせたいと願っていたのだ。父親に逆らえないのだろう。そのことはとうにわかっていたはずではないかと、清太郎は自嘲した。

清太郎はただひたすら前を向いて歩いた。母も何か察したようだったが、何も言わなかった。

米沢町にあるしもた屋に着いたとき、清太郎は沈んだ気持ちを奮い立たせた。間口もそんなに狭くはなく、こぎれいな家だった。商売をはじめるにはいいだろう。

与助が戸を開けた。土間に入る。

「与助さんが見つけてくれました。ここならどんな商売をしてもいいでしょう」

母は明るく言った。

「でも、金は？」

「八重垣さまから過分な謝礼をいただいたのです」

「そうですか」

清太郎は頼茂の顔を思い浮かべた。

清太郎は小間物屋をはじめたかった。ここなら『香木堂』とは競合しない。

「今夜から、ここがあなたと母との家です。住み込みの奉公人も二、三人は置けます。でも、急ぐ必要はありません。あなたが……」

母は言いさした。

母が何を言おうとしたかわかった。嫁をもらってからと言いたかったのだ。だが、お絹のことを思いだして声を呑んだのだ。

それから、清太郎は大伝馬町にある大きな小間物屋から品物を仕入れ、行商をはじめた。

その気になれば、水沼家の上屋敷に出入りをして商売は出来るが、そのような便宜を図ってもらうつもりはなかった。

江戸に戻ってあっという間に三月が過ぎた。その間、小間物の荷を背負い、清太郎は町を歩いた。だいぶ得意先も出来た。

お絹のことを忘れるように商売に専心し、季節も夏から秋になっていた。すでに寺社の境内の植込みや野原で桔梗が咲いていた。その花を見るたびに清太郎の胸は疼いた。

剣一郎が奉行所から八丁堀の屋敷に帰ると、太助が来ていた。

「青柳さま。清太郎さんが江戸に帰っていました」

「清太郎どのが？」

「町で擦れ違った小間物屋が清太郎さんに似ていたのであとをつけました。米沢町のしもた屋に住んでいました。母親といっしょでしたから清太郎さんに間違いありません」

「会ってみたい」

剣一郎は着替えてから編笠をかぶって屋敷を出た。

昼間の残暑も夕方には衰え、心地よい風が吹いてきた。米沢町に着き、太助は清太郎の家に案内した。

大戸は閉まっていたので脇にある戸口に向かい、格子戸を開けた。

「ごめんくださいまし」

太助が声をかける。

しばらくして、母親が出てきた。

「まあ、青柳さま」

「久しぶりだ。清太郎どのがお帰りだそうだが」

「はい。三月ほど前に」

「そうか。ぜひ、お会いしたい」

「少々お待ちを」

母親が奥に消えてすぐに清太郎が現われた。

「青柳さま」

清太郎が目を輝かせた。

「帰っていたのを知らなかった」

「申し訳ありません。真っ先にご挨拶《あいさつ》にお伺いしなければならないのに」

「いや、それはいいのだ。ただ、どうなったか気になっていたのだ」

「どうぞ、お上がりください」

清太郎は勧めた。

「では」

剣一郎と太助は上がり、内庭に面した部屋で清太郎と差し向かいになった。

「藩主には義孝さまがおなりになりましたが、高政公は去年の暮れにご逝去されました」

「そうか。お亡くなりに……」

「八重垣さまは隠居なさり、八重垣家は勝一郎どのがお継ぎになりました」

「やはり、八重垣どのは隠居なさったか」

剣一郎は感慨深いものがあった。やはり、偽者を担《かつ》いだことの責任をとったのだ。

「清太郎どのは水沼家を継ごうという気は起きなかったのですか」

「私は武士として生きていくことは出来ません。それに、私は高政公の子ではありませんから」

清太郎は微笑んで言う。

「どうしてそれを？　八重垣どのから聞いたのですか」

「いいえ。誰からも聞かされていません。なんとなくです」

「では、実の父親はだれだと？」

「誰にも話してはいませんが、八重垣さまではないかと。これもなんとなくですが」

清太郎は真顔になって、

「八重垣さまといっしょにいるととても心が安らぎました。慈愛に満ちた目で私を見ていてくれます。それに、母も八重垣さまといっしょのときは表情が違っていました」

「確かめたのですか」

「いえ。確かめません。八重垣さまにも母にも、私が何も気づいていないと思わせておきたいのです」

「ふたりに何があったのか、知りたいとは？」

「知りたくないといえば嘘になりますが、あえてきこうとは思いません。母が話してくれるのを黙って待ちます」

「そうですか」

「でも、私は今は満足しています。父かもしれないひとと少しの期間でしたが、いっしょに過ごすことが出来ました。それに、八重垣さまはこの地で暮らさないかと仰ってくださいました。母も呼んで」

　清太郎は溜め息をつき、

「でも、それは出来ません」

「なぜ？」

「私が八重垣さまのそばで暮らしたいと言ったら母は賛成してくれるでしょう。でも、母は江戸に残るはずです。八重垣さまの近くで暮らすことは母にとって辛いことだと思いますので」

「なるほど」

「今回のこと、降って湧いたような出来事でしたが、今となってはいい思い出となりました。その代わり、失ったものもありますが」

　清太郎はしんみり言う。

「お絹さんのことですね」

「はい」

　清太郎は俯いた。

「去年、お絹さんに約束したそうですね。桔梗が咲くころに迎えに行くと」

「それも儚《はかな》い夢でした。お絹さんにはもう婿になる男がいるんです。前々から思っていたことでしたが、三月前に江戸に帰ってきたとき、偶然にお絹さんと相手の男を見かけました」

「じゃあ、どうするんです？」

　剣一郎はきいた。

「辛いけど、諦めるしかありません」

　清太郎は歯嚙《が》みした。

「そうですか。でも、約束を守るべきです」

「お絹さんは約束など覚えてはいません」

「それでも約束を果たすべきです。迎えに行くのです。清太郎どのが傷つくことになったとしても」

「無駄だとわかっていてもですか」

「そう。これからの自分のためにも。何があっても約束は守る。それがひとから信頼されることになります」

「辛すぎます」

「それでも約束を果たすのです。それを避けたら、わだかまりが痼《しこり》となって生涯苦しむことになる」

「…………」

清太郎はやりきれないように首を横に振った。

その後、剣一郎は母親に挨拶をし、清太郎の家を引き上げた。

翌日、清太郎は阿部川町の脇を流れる新堀川の川っぷちに立っていた。柳の葉が風に揺れていた。

いつもお絹と待ち合わせた場所だった。もうここに立って一刻（二時間）近くになる。まだ、お絹は通り掛からない。きょうは外出しないのか。

川の流れに目をやりながら、一年前のことを思いだした。

「いつ？　いつまで待てばいいの？」

お絹が必死にきいた。

清太郎は月の光を受けて浮かび上がっていた紫色の花を見ながら言った。

「桔梗が咲くまでに戻ってくる」

「桔梗の咲く季節ね」

お絹は答え、

「桔梗の花言葉を知っている？　永遠の心、変わらぬ心よ」

と、言った。

永遠の心かと、清太郎は口元を歪めた。

ふと、背後に下駄の音を聞いた。清太郎は振り返った。

「清太郎さん」

お絹が立っていた。

「お絹さん。迎えにきた」

俺は約束を守ったと心の中で訴えながら、胸の底から込み上げてくるものがあった。この再会が永遠の別れになるからだ。

「清太郎さん、来てくれたのね」

「ああ、約束だ。でも、お絹さんには迷惑だったろうがな」

清太郎は言わぬつもりでいたが、厭味《いやみ》が口をついて出てしまった。

「迷惑って？」

「知っているんだ。お絹さんは『近江屋』の覚次郎さんと所帯を持つんだろ」

「違うの、覚次郎さんとはなんでもないの」

「今さら、嘘はいけない」

「違うの、聞いて」

お絹は叫ぶように訴えた。

「確かに、おとっつあんは覚次郎さんといっしょにさせようとしたわ。だけど、清太郎さんとの約束を話したら、覚次郎さんはわかってくれたの。それだけじゃなくて、私の力になってくれたの。婿になるという芝居を一年間続けてくれるって」

「覚次郎さんが芝居で？」

清太郎は信じられなかった。

「ええ、そうよ。覚次郎さんが婿になると信じていたから、おとっつあんは他からの縁談も断っていたの。もし、覚次郎さんがいなかったら、私は婿をとらされていた」

「でも、どうして覚次郎さんはそんなことをしてくれたんだ？」

「俠気《おとこぎ》があるの。それに、じつは覚次郎さんにはあちこちに女のひとがいるのよ。でも、覚次郎さんがいつもなんだかんだといって結納の話を先延ばしにしていたから、とうとうおとっつあんにばれちゃって」

お絹は苦笑して、

「でも、それがよかったの。覚次郎さんが私と清太郎さんとの約束を話して説き伏せてくれたの」

「じゃあ、旦那さまも？」

「ええ、今はわかってくれたわ。ただし、桔梗の花が枯れるまで待って、清太郎さんが迎えに来なかったら、おとっつあんの言うがままに婿をとるって約束をさせられたわ」

「そうだったのか」

清太郎は胸のつかえがとれた。

「じゃあ、迎えに来てよかったのか」

「ええ、私は必ず迎えにくるって信じていたわ」

お絹が清太郎の胸に飛びこんできた。

「お絹さん」

清太郎は強く肩を抱き締めた。

「よかった。ほんとうによかった」

約束を守ってよかったと、清太郎は剣一郎の忠告に感謝した。


翌日の夕方、剣一郎が奉行所から八丁堀の屋敷に戻ると、多恵が客が待っていると伝えた。

「客？」

誰かときいたが、多恵は行けばわかると言い、微笑むだけだった。

剣一郎は客間に行った。

襖を開けたとき、思わずあっと声を上げた。清太郎とお絹が並んで待っていた。

剣一郎が腰を下ろすなり、

「青柳さま、おかげで……」

と、清太郎は口にしたが、あとの言葉は続かなかった。

「そうか、ふたりはお互いに約束を守ったのか」

「青柳さまから忠告されなければ一生後悔するところでした」

清太郎は正直に言う。

「私も青柳さまのお言葉があったから、清太郎さんを信じて待つことが出来ました」

お絹は感謝の念を述べた。

「いや、ふたりのお互いを信じ合う気持ちが通じ合ったのだ」

数奇な運命の末に結ばれたふたりの絆《きずな》は固い。剣一郎はふたりを祝福しながら、八重垣頼茂のことを思いだした。

頼茂にも、この清太郎の喜びに満ちた姿を見せてやりたかった。

約束の月（下）

一〇〇字書評

切・り・取・り・線

購買動機（新聞、雑誌名を記入するか、あるいは○をつけてください）

□（　　　　　　　　　　）の広告を見て	
□（　　　　　　　　　　）の書評を見て	
□ 知人のすすめで	□ タイトルに惹かれて
□ カバーが良かったから	□ 内容が面白そうだから
□ 好きな作家だから	□ 好きな分野の本だから

・最近、最も感銘を受けた作品名をお書き下さい

・あなたのお好きな作家名をお書き下さい

・その他、ご要望がありましたらお書き下さい

住所	〒				
氏名		職業		年齢	
Eメール	※携帯には配信できません		新刊情報等のメール配信を 希望する・しない		

この本の感想を、編集部までお寄せいただけたらありがたく存じます。今後の企画の参考にさせていただきます。Eメールでも結構です。

いただいた「一〇〇字書評」は、新聞・雑誌等に紹介させていただくことがあります。その場合はお礼として特製図書カードを差し上げます。

前ページの原稿用紙に書評をお書きの上、切り取り、左記までお送り下さい。宛先の住所は不要です。

なお、ご記入いただいたお名前、ご住所等は、書評紹介の事前了解、謝礼のお届けのためだけに利用し、そのほかの目的のために利用することはありません。

〒一〇一－八七〇一
祥伝社文庫編集長　清水寿明
電話　〇三（三二六五）二〇八〇

祥伝社ホームページの「ブックレビュー」からも、書き込めます。
www.shodensha.co.jp/bookreview

祥伝社文庫

約束《やくそく》の月《つき》（下）　風烈廻《ふうれつまわ》り与力《よりき》・青柳剣一郎《あおやぎけんいちろう》

令和 4 年 7 月 20 日　初版第 1 刷発行

著　者　小杉健治《こすぎけんじ》
発行者　辻　浩明
発行所　祥伝社《しょうでんしゃ》
東京都千代田区神田神保町 3-3
〒 101-8701
電話　03（3265）2081（販売部）
電話　03（3265）2080（編集部）
電話　03（3265）3622（業務部）
www.shodensha.co.jp
印刷所　堀内印刷
製本所　ナショナル製本
カバーフォーマットデザイン　中原達治

Printed in Japan ©2022, Kenji Kosugi　ISBN978-4-396-34827-4 C0193

祥伝社文庫の好評既刊

小杉健治

灰の男（上）

B29を誘導するかのような放火、空襲警報の遅れ――昭和二十年三月十日の東京大空襲は仕組まれたのか⁉

小杉健治

灰の男（下）

愛する者を喪いながら、歩みを続けた昭和の人々への敬意。衝撃の結末が胸を打つ、戦争ミステリーの傑作長編。

小杉健治

偽証《ぎしょう》

誰かを想うとき、人は嘘をつくのかもしれない。下町を舞台に静かな筆致で人の情を描く、傑作ミステリー集。

小杉健治

容疑者圏外

夫が運転する現金輸送車が襲われた。共犯を疑われた夫は姿を消し……。一・五億円の行方は？

小杉健治

死者の威嚇《いかく》

身元不明の白骨死体は、関東大震災で起きた惨劇の爪痕なのか？　それとも――歴史ミステリーの傑作！

小杉健治

白菊の声　風烈廻り与力・青柳剣一郎㊿

愛する男の濡れ衣を晴らしてほしい――無実を叫ぶ声は届くか。極刑のときが迫る中、剣一郎は正義を為せるか？